爱吃的我们没烦恼

陈佳勇 著

人民文学出版社

图书在版编目（CIP）数据

爱吃的我们没烦恼/陈佳勇著. -- 北京：人民文学出版社，2023
ISBN 978-7-02-017933-6

Ⅰ.①爱… Ⅱ.①陈… Ⅲ.①散文集－中国－当代 Ⅳ.①I267

中国国家版本馆 CIP 数据核字 (2023) 第 057605 号

责任编辑	胡司棋　孙玉虎
装帧设计	李苗苗

出版发行	人民文学出版社
社　　址	北京市朝内大街 166 号
邮　　编	100705
印　　刷	凸版艺彩（东莞）印刷有限公司
经　　销	全国新华书店等
字　　数	84 千字
开　　本	850 毫米×1168 毫米　1/32
印　　张	5.5
版　　次	2023 年 5 月北京第 1 版
印　　次	2023 年 5 月第 1 次印刷
书　　号	978-7-02-017933-6
定　　价	65.00 元

如有印装质量问题，请与本社图书销售中心调换。电话：010-65233595

好吃与不好吃,是有区别的;同样的食物,好的食材与不好的食材,也是有区别的。

而那些可以被称作"美食"的,其实本质上并没有多大的差别,所谓不同,仅仅是关于食物的记忆不同罢了。

——题记

目 录

001　辑一　吃什么很重要

- 002　小笼包
- 010　北京涮肉
- 017　不堪回首
- 025　菜泡饭
- 032　大排面
- 038　下沙烧卖
- 046　吃河豚
- 054　小馄饨
- 062　日式烤肉
- 069　奶油小方

075　辑二　在哪吃很重要

- 076　汉口路300号
- 081　北大食堂

天钥桥路十年　089
旅途一人食　097
兰桂坊、断舍离与勤精进　103
什么叫好饭店　110

辑三　跟谁吃很重要　117

申老师与烤肉季　118
吃素　126
洁癖食客　132
饮酒趣事　137
戒碳水　145
老卫的食堂　153

后记　与画家一起吃盒饭　162

辑一

　　吃什么很重要

小笼包

我是一个上海人,关于小笼包的记忆,始于童年。时至今日,都三十好几的人了,对于小笼包的喜爱依旧。2005年、2006年那会儿,我在报纸上写过一段时间专栏,总共写了113篇,最后一统计,关于吃的写了15篇,其中写小笼包的有2篇,实在是无药可救。

在很长的一段时间里,我自认为对于上海的小笼包是有心得体会的,也有一个类似排行榜的东西在脑海里。现如今,有的店已经没有了,有的店还在,且容我慢慢梳理关于小笼包的各种记忆。

在我心目中,排第一名的当属汉口路《解放日报》对面的鸿顺兴。很遗憾,这家店已经不存在了。我第一次到鸿顺兴吃小笼包,是在2000年的夏天,当时我的北大中文系的俞师兄正在《新闻晨报》实习,我去看他。那

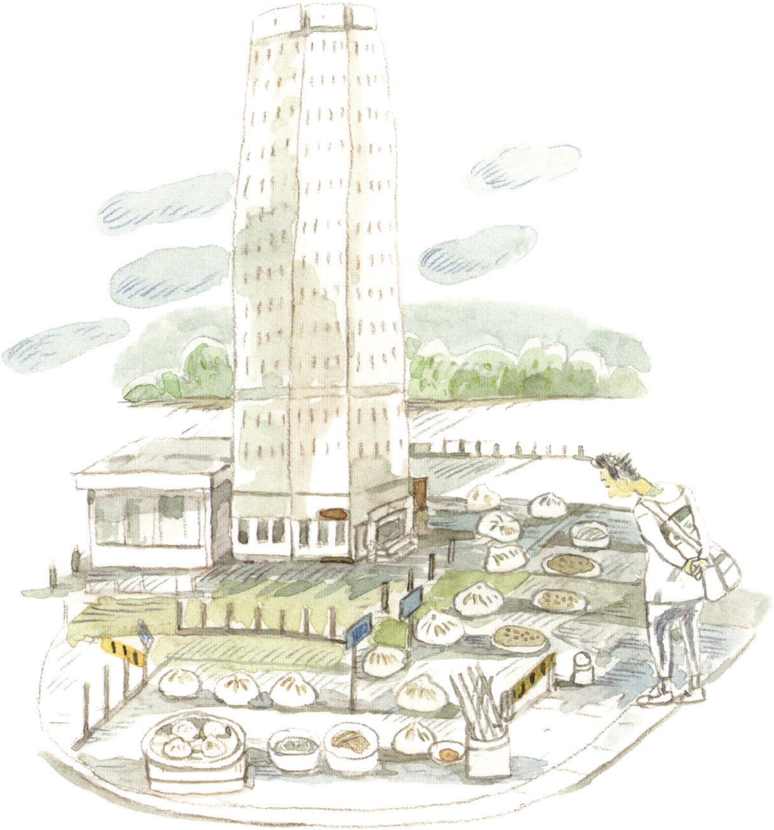

天天气特别热，俞师兄说这家店的小笼包不错，请我尝尝。记得总共点了两笼小笼包，我还要了冰豆浆，师兄要了牛肉粉丝汤。按理说，炎炎夏日，冰豆浆大口喝下去，俨然从嘴巴到肠胃刷了一层冰，在冰冻味蕾的同时，会削弱很多食物的本真味道。但是鸿顺兴的小笼包，却让这些冰冻一层层地被穿透，用自己的层次感，对冲着味觉的防线。鸿顺兴本质上也应该被划归到苏式汤包的大类里，汤汁略微有点儿甜腻，但是刚热气腾腾端上来的时候，面皮的温度先被冰豆浆中和了一下，然后慢慢咬开，汤汁的温度再次被中和，然后反扑，肉馅新鲜，这些都是明显能感觉出来的。而且当时的蒸笼，铺的是草垫、草篦子，不同于现在常见的纸或无纺布，因此小笼包带有褶皱感的那个底，其实非常好吃。从那一刻起，鸿顺兴的小笼包在我心里天然地奠定了至尊地位。

之后我自己也在《新闻晨报》实习，承蒙报社领导厚爱，2003年大学毕业后留在报社工作。选择到《新闻晨报》工作，主要是因为当时的都市报欣欣向荣，但也不否认，出了报社大门，三步穿过汉口路就能吃到心仪的小笼包，也是一个很重要的原因。后来我因为个人原因，跑到徐家汇八万人体育场那里从事影视行当，远离了报社，远离了鸿顺兴，心里难免失落。时不时地还会回汉口路，看看300号的大楼，吃一顿小笼配小馄饨，直到有一天鸿顺兴关门。关门的原因不清楚，反正是没有了。因为没了念想，没了牵挂，加之八万人体育场那里的工作渐渐步入正轨，汉口路也就不怎么去了。

约莫关门后的第二年，莫名其妙地，我居然在南京路步行街后面的天津路再次找到了鸿顺兴。里面的收银员依旧，欣喜若狂，去吃了几次，但总觉得少了些什么，尤其是当他们大面积做起了盖浇饭生意，那种好感突然垮塌了。没过多久，天津路上的这家鸿顺兴也没有了。再之后，我在水城路虹古路那里，又发现了一家鸿顺兴，不知同汉口路那家鸿顺兴是否有渊源，进去点了小笼包和小馄饨，只能说中规中矩，绝无惊艳之感。

鸿顺兴的记忆，到此为止。接下来，要说的自然是八万人体育场里面的鸿瑞兴，俗称"炮楼"。这幢建筑物为什么叫"炮楼"，不清楚缘由，反正大家都这么约定俗成地叫。里面的鸿瑞兴，一楼大堂零点，主打面食点心，楼上可以点菜，菜品也还不错。鸿瑞兴的小笼包，在我心目中可排第二名。

我曾经琢磨过，鸿瑞兴的小笼包为什么可以排第二名，很大程度上是因为缺失了鸿顺兴的记忆后，突然发现身边的鸿瑞兴，规模更大，就餐环境、菜品的品相也更好，这

些都变相提高了我对于鸿瑞兴小笼包的好感。事实上,鸿瑞兴的小笼包远没有他家的面条,比如焖蹄面、焖肉面来得有特点,也没有他家的特色炸猪排配辣酱油那般惊艳。关于鸿瑞兴的面和炸猪排,下次专门写一章,这里暂且不表。但是,鸿瑞兴的平均水平、综合实力远超鸿顺兴,尤其是焖蹄面搭配小笼包吃的时候,幸福指数瞬间爆棚。这里的小笼包,个头略小些,汤汁不是甜腻的那种,肉馅更紧。但有时候质量不稳定,碰上出笼及时,十分美味,有时生意太好,服务员耽搁了一下,端上桌来,小笼包的那股热气减了三分，滋味则减了七分。所以在鸿瑞兴吃小笼包，一定要选好正确的就餐时间，人少的时候不行，人太多的时候也不行，并且最好搭配着吃碗面。鸿瑞兴的面汤清爽，应是用大骨熬制，关键不腻不浊，面用的是细面，喝几口面汤，再吃小笼包，和谐得很。但这种吃法容易吃撑，这个要有心理准备，特别是你还想吃炸猪排、小锅生煎或其他鸿瑞兴熟食的话。

过去鸿瑞兴主要就是"炮楼"这家徐汇店，还有曹杨新村的梅岭店，貌似还有个敦化路店，总共就三家。最近不知为何多出很多分店，连我家不远处的甘溪路福泉路也开了一家，兴奋之情自然溢于言表。去吃了几次，面汤浊了一些，但还能接受。小笼包，只吃了一回，再没有点第二回。也许是集中配送的缘故，也许是点心师傅不到位，或者从根本上来说，是因为吃的心情不一样了。

小笼包排行榜第三名就很难确定了，有一堆可以并列的，比如仙霞路上的珊珊小笼、愚园路上的富春小笼老店、山阴路上的万寿斋，这些店关键是有市井气息，那种小笼包子店天然应该具有的市井气。比如富春小笼，后来在天山西路北新泾地铁站这里开了一家分店，也不错，也比较市井，但依托地铁上盖的这种分店，同老店相比，气息上总还是差了一截。与之对照，鼎泰丰的小笼包价格就贵了，价格一贵也就消散了市井气。当然，鼎泰丰小笼包的食材一定是好的，花样品种也是用心的，但我觉得，小笼包就应该是鲜肉的，蟹粉已经是可接受的极限了。好的小笼包，也许就是要有那些肉皮冻，要有那种草笼子打底的视觉感受，吃的时候，座位狭窄，要有小笼包掉在醋碟里害怕溅在身上的那种担心。

上海还有三家小笼包店，要拿出来说一下，但仅仅是个人的感受。一个是城隍庙里的南翔馒头店，排队的人真是太多了，其实有啥好吃的呢，面皮厚，汤汁少，不想排队的顾客到楼上吃，价格还得翻上去。但是，这家店的特色，就在于排长队之后，买了二两小笼，拿了双一次性筷子，捧着一次性饭盒，和周围的食客一起像叫花子一样快速吃完。如此吃法，隔个一两年去一次，也算接了上海城隍庙的地气。另一家，则是嘉定南翔古猗园大门口的小笼包，按说南翔小笼包，就是从南翔开始的。但是古猗园这里的"老祖宗"小笼包，个头硕大，肉馅肥腻，感觉是要让你吃饱，而不是让你吃好。最后一家则是黄河路上的佳家汤包了，很多人对这家店评价甚高，我差不多十年前去吃过一次，晚上，买到了最后两笼汤包，就像是以正价买了百货商场的清仓尾货，感觉很一般，也直接影响了对于食物的欣赏水平。若干年之后，我又去过佳家汤包，但也只是从 60 分提高到了 70 分的水平。由此可见，每个人对于美食的评价，其实都是"偏见"，但要的可不就是这个"偏见"嘛。烂的食物，大家都知道，这叫常识，在好的食物里，挑出符合各自喜好的，这叫鉴赏。

最近两年，上海的街头开出好多苏式面馆和苏式汤包店，比如老盛兴，这是一类以填饱肚子为基本诉求的"美食集中地"。但苏式汤包配虾肉大馄饨，对我而言，是最适合肠胃的食物了，而且既能当早饭，又能当午饭，还能当晚饭。我就这么点儿出息，真是见笑了。

反正，我对小笼包就是永远的"执念"，作为最具上海市井气息的平民食物，在无数的街头巷尾，都有小笼包的身影。但凡偶遇一处没吃过的小笼包店，我总会欣然走进铺面，反正也花不了多少钱，就当是一种尝试，尝试过了才有记忆。

北京涮肉

一方水土养一方人，这是客观规律。平日里看老饕们写的美食文章，只要写到北京涮肉的，必定围绕铜锅、炭火、羊肉、小料、烧饼这些元素做文章。而论及起源，则会说到忽必烈，说有次打仗，厨子来不及给老大烤羊肉了，情急之下把羊肉切成薄片放到热水里一涮，突然就创造了这种美食新方法。把美食与历史大人物联系起来，这是惯用手法，你到南方的一些地方游玩，但凡是当地民间美食的，你看文字介绍，十之八九都说跟乾隆有关系，感觉乾隆下江南，就是这么一路吃下来的。

我对涮肉，起初感觉一般。当年北大南门的胡同里有家挺隐蔽的涮肉店，去过几次，现在连店名都记不得了。倒是工作以后再去北京出差，老同学请吃饭，吃了几次铜锅涮肉，清水白汤，逐渐找到了感觉。除了吃完浑身上下的火锅味让人讨厌之外，总体感觉不错。要问北京哪家店的涮肉最好吃，在我们这种外地人看来，只要是在北京吃涮肉，大体都是妥帖的。

上海人吃饭，基本上把黄浦江、苏州河、内环高架、南北高架当成标尺，交叉划出了若干个区域，每个人基本上都在属于自己的那个方块地域里吃饭，很少窜来窜去。北京人吃饭，喜欢讲东边、北边、西边、南边，而且喜欢东南西北乱窜，再加上环线道路设计，因此，北京请吃饭，要么在饭局上，要么就在去饭局的路上。评价北京哪里的美食最好，也得按照东南西北这么来界定。

对于涮肉店，我觉得东边最好的，大得涮肉算一家。店面敞亮，就餐环境不局促，其总店位于新源街，出了昆仑饭店往西走，走到一个岔路口，就能看到右前方的大招牌了。吃涮肉我通常就选普通的麻酱，大得涮肉的麻酱有点儿小创新，上面淋了个"福"字，配上大铜锅，吃得热火朝天。至于羊肉食材的嫩度和新鲜度，我实在分辨不出。对于一个在上海吃小肥羊都觉得好吃的食客而言，北京涮肉的平均水准，在我心中已是顶配。还有，在长城饭店隔壁麦子店西街上的羊大爷，也是我颇为喜欢的一家涮肉店。在羊大爷点菜，得一边看着图片和出样，一边拿起对应的筹码，如此点菜，煞有介事。关键是他家的肉，分半米板和一米板，形式就颇为创新，不仅好吃，而且还好玩，这种店还不去光顾，实在说不过去啊。

再说北边的涮肉店，辛店路上的八先生涮肉坊算一家。八先生地方大，停车方便，因为地界宽阔，大门的设计便花了些心思，进得里面，也是古朴设计，不同于简单的涮肉店陈设。这里的麻酱，团成一团，自成特色。清汤里放几片萝卜，搁几个葱段，点几粒红枣、枸杞，足矣。若和正宗北京人来吃涮肉，倒也简单，什么鱼丸、虾滑、午餐肉统统是上不了台面的，我的老北京朋友们，通常会固执地这么点单：羊肉、白菜、豆腐、粉丝，好了。

其实，八先生的烧饼和炸豆腐皮，真的值得品尝。

北京的西边我去得少，当时公司在石景山当代商城，底下有个呷哺呷哺，简单一人食。虽说是小火锅，但也别有乐趣。至于北京的南面，我去过最南的地方是北京南站，对那里的美食全无概念。

申老师对涮肉也是有研究的，申老师说，全北京最好吃的涮肉是满福楼。满福楼地处地安门内大街，临近景山公园，话说这条马路很神奇，两边都是深宅大院，环境雅致，有老北京的味道。满福楼主打小铜锅，一人一个，同鼎鼎香是一个套路，羊肉串、手切羊肉、黄喉、毛肚都是特色菜，烧饼还分两种，烤的和炸的。我同申老师在这里吃过两次饭，最近一次，申老师先到，点了一桌菜，而且还专业地点了信远斋的酸梅汤，深得我心。

北京还有一家涮肉店，我必须重点推荐，那就是金生隆，号称创立于光绪十九年，具体位置在德外安德路六铺炕。六铺炕，金生隆，这名字读起来就响亮！这家店承蒙朋友介绍，有许多专业术语，比如根据羊肉的不同部位，把羊肉冠以黄瓜条、上脑、磨裆等各种叫法，又以爆肚出名，还可点上散丹、肚仁、葫芦等各种羊肚。对于这种看着菜单也不知道该怎么点菜的饭店，我会天然地生发出喜爱之情。譬如，点黄瓜条时，我真的以为

燕京

就是凉菜拍黄瓜，而人家其实是羊肉。而且这家店最绝的是，为了证明代代相传历史悠久，墙上居然挂着四代老板的大照片。我第一次去，吓了一跳，以为自己身处纽约联合国总部（联合国的墙上挂着历任秘书长的巨幅画像），总感觉墙上的潘基文正看着我吃涮肉。有一必有二，第一次去金生隆，是朋友带我去的，第二次去金生隆，便是我带着我们公司申爷一起去了。那次，谈完事，饥肠辘辘，坐车往石景山赶。申爷说，咱吃点儿再赶路吧。我说，行，咱去六铺炕。申爷把车停好，去隔壁小店买了个"小二"揣我手里，我负责点菜，顺便给申爷点了罐可乐。开车不喝酒，喝酒不开车，这规矩咱懂。那顿涮肉，吃得很是温暖，"小二"配涮肉也真是绝了。

北京其他知名涮肉店，还有很多，诸如北门涮肉、南门涮肉，自然还有老字号的东来顺。

因为写到火锅涮肉了，写到北京了，自然要说一下300291。大学毕业至今，我总共服务过三个单位：第一家是SMP，正式算来只有九个月；第二家是SFG，十年有余；现在的单位叫300291。其实，每一份工作的细节中，都与美食有关，每家单位也都有不同的饮食文化。300291的饮食文化里，天然喜好吃火锅，具体原因不清楚，反正内部聚餐或者管理团队谈事情，常以火锅为主。

自打搬到北边之后，硬是把大屯北路上的那家海底捞吃成了公司第二食堂。我们每次去海底捞，因为人多，所以总点鸳鸯锅，呼啦呼啦地一顿猛吃，加之整个楼层生意火爆，大家也都在呼啦呼啦地猛吃。于是，每次吃完，一身的火锅味。好在我借此机缘，把这些年亏欠下来的海底捞都吃补回来了，还意外地发现了一道名叫"小酥肉"的人间美味，也算小有收获。

除了经典的清汤铜锅涮肉之外，这些年的火锅口味越来越重，尤以香辣火锅突出。吃这种香辣火锅，最惨痛的一次经历发生在石景山。话说300291的行政司机班，总共有三位同事，分别是申爷、明明和高桑，组成了三人欢乐组，有点儿像《深夜食堂》里的"泡饭三姐妹"组合。有一次周五晚上，大冬天里，我们在明明家对面的无名香辣火锅店吃饭，味道之浓郁令我终生难忘。第二天坐飞机回上海，FM9108航班上弥漫着隔夜的火锅味，我整件大衣，在外面晾了三天也没能消掉那个味道。周一，我问申爷和明明，你们的衣服怎么样？两位回答道，呵呵，甭提了。高桑不在，高桑周五回涿州了，倘若他在，他一定回答道，呵呵呵。

不堪回首

美食让人心情愉悦，但碰上让人恶心的食物，一餐饭吃得上气不接下气，也是人生独特的况味。一直在回忆美食，但在饮食的道路上，谁能保证一路顺风顺水永远不踩到"臭狗屎"呢？这次就花些时间，说说我记忆中让人尴尬、苦恼，甚至恐慌的食物。

先说在大连的一餐饭。大连这几年去得少了，有阵子一年要去个两次，自然有美好的食物记忆，比如高满堂老师若干年前做东请大家在旅顺吃过一顿海鲜，海胆、海参之新鲜，回味至今。席间高老师多次提及机场附近一家专做鲅鱼馅饺子的餐馆，说自己每逢写作疲乏嘴馋了，就专门打车几十公里去吃一顿鲅鱼馅饺子，那个鲜啊，来回车费远比饺子要贵，但绝对物有所值。听得大家心动，于是大部队第二天就去了，临了要去机场赶飞机，还各自打包了饺子随身携带。

但是，回忆并不都是美好的，我目前为止感觉吃得最恶心的一道菜，也是在大连。那次剧组开机，大桌子吃饭，连着上了几道热菜都属正常。突然就上了一道红烧的硬菜，好大一盘，我以为是红烧蹄筋或者红烧海参之类，再仔细一看，红烧鸡冠，公鸡头上的鸡冠也能做成菜，真是闻所未闻。我正犯难到底动不动筷子，边上的人可是十分热情，说这个大补，来来来，一定要尝尝，顺手就夹了一个给我，然后他自己也大快朵颐起来。思来想去，感觉恶心吃不下去，但碍于情面，又勉强咬了一口，但真的咽不下去。"来，来，来，敬你一杯！"边上的人又敬起酒来。就这么一刹那，酒下去了，菜也下去了。萨特有本小说名叫《恶心》，书名贴切，连带着在大连吃的那道红烧鸡冠，每每想起，仿佛噩梦。据说上海本帮菜里有道偏门菜，红烧鸡屁股，想想也是吃不下去的东西，如今这道红烧鸡冠，一头一尾，两相倒是呼应了。

再说无锡的一餐饭，这餐饭与张老板夫妇有关。张老板夫妇对优质食物的辨别力极高，有段时间他们长期驻扎在青岛，便对各种青岛美食如数家珍，譬如青岛八大关那里专做大虾白菜的馆子。你以为是个普通的虾，配上白菜，其实，那是道名菜。只不过张老板夫妇请客吃饭太热情，

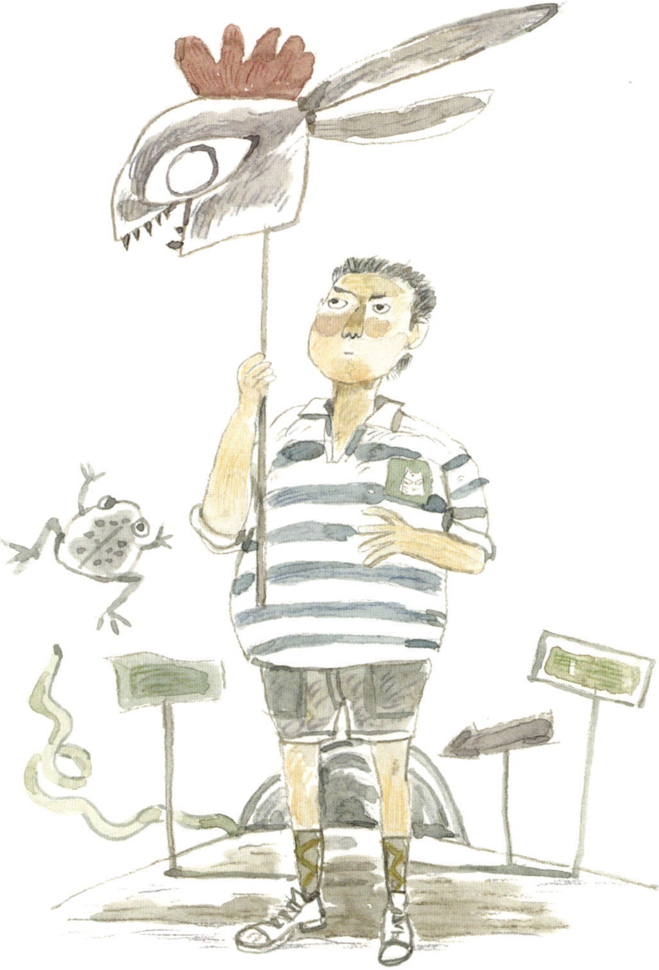

尤其是天南海北来了几十号人，一热闹，菜就上猛了，反而让人不觉得珍贵了。再后来，张老板夫妇业务越做越好，足迹遍布全国各地，每到一处就开发当地美食，即便在"春风不度玉门关"的敦煌，也能发现好馆子。新冠疫情期间，张老板夫妇滞留冲绳，又将这一光荣传统发扬光大。这点，真心佩服他俩。

话说那次在无锡，谈完事情准备回上海了。张老板夫妇说，不急，吃好晚饭再走嘛，正好晚上詹老师也在。詹老师可是北京电影学院导演系的老法师了，正想拜访呢，择日不如撞日，于是留下来吃晚饭。到了饭馆，张老板夫妇说，今天晚饭我们主打吃蛇，蛇肉打边炉。我听到这话，一身冷汗就出来了，我打小就怕蛇，更别说吃蛇肉了。可这饭店的招牌，没说自己是专门做蛇肉的呀，如此隐蔽的地方都能找到，我实在是佩服他们。

正惊诧时，饭店伙计拎了个大麻袋进来，说，刚好从山上拿下来的"过山峰"，七斤多，要不要？张老板夫妇问了问价格，决定要了。伙计很兴奋，说，那蛇胆入酒，要验货的话请到后面厨房。我对所有的"黑话"都是听不懂的，忙问什么是"过山峰"啊？此时，詹老师正坐在主位，詹老师的公子詹总坐在一旁，提示道，这可是好东西啊，毒蛇，剧毒的蛇，眼镜王蛇，要不要一起去看看？我连忙摇手。只一瞬间，其余的人都出去了，只剩下屋里我和詹老师两个人坐着。不多久，一杯浸着蛇胆的白酒，端到主位，自然是给最长者的。这个过山峰，有的部位炖了汤，有的部位直接就下锅涮了，一桌好多人，还上了不少水蛇肉打边炉，还有凉拌蛇皮。我连忙说，要不上盘蔬菜，或者午餐肉也行啊。服务员说，我们这里没有午餐肉。张老板夫妇见我为难，说没事没事，先喝碗汤吧，蛇肉炖的汤。总之，这餐饭，我感觉嘴巴里全是土腥气，而且还是那种从山林的树叶里、灌木里不断生发的，混杂了泥土、露水、雨水和动物尿液等多种成分的，无比复杂的土腥气。那会儿京沪高铁还在修建，晚上坐火车从无锡回上海，得去城里的无锡站。在无锡老火车站的站台上，我忍不住在小摊上买了妙芙蛋糕，这款蛋糕有点儿甜腻，平时从来不碰。但此时不同，我极度需要借助这两个妙芙蛋糕的油腻，把我体内弥漫的爬行类动物的土腥气压制下去。那是个夏天的晚上，原本应该感觉炎热，我站在站台上，却感觉好冷。

还有一餐饭，是在重庆。那会儿流行走访红色路线，我们大部队先去都江堰，看上海援建，再去重庆渣滓洞。晚上到了重庆，大部队里管影院的同事主动请缨，张罗大家吃火锅。吃火锅，四五个人挺好，一下来了六十多人，肯定安排不好。加之已经饥肠辘辘，八九人围着一个锅吃，东西刚下去，大家你一筷子我一筷子，瞬间就没有了。重庆火锅嘛，涮个肉，再涮点儿黄喉、毛肚，再弄几条黄辣丁，才是正常的吃法。当成填饱肚子的正餐吃，肯定来不及。于是众人不停地加菜，但服务员根本忙不过来，上菜特慢。最后忍无可忍，团里的老爷叔发话了，服务员，你店里有什么就上什么吧，我们饿了。服务员一听，兴奋啊，于是，奇葩的鱼泡泡啊，猪脑花啊，全端上来了，且不由分说，主动帮你全部下锅。看着眼前这个油腻腻的辣火锅，上下翻滚着鱼泡泡和猪脑花，还有各种鹅肠、鸭肠，我的内心是绝望的。那顿火锅后，我和同事两人，来到重庆著名地标洪崖洞，下面正好有家星巴克，喝下一大杯冰摩卡之后，才感觉回到了人间。

中国人饮食，常常搞些稀奇古怪的。在成都有人请我吃麻辣兔头，我看着小白兔的头被腌制烹饪成了这个样子，真心害怕。在上海金山枫泾古镇，当地的特色菜叫熏拉丝，拉丝就是癞蛤蟆，剥皮处理干净后加酱油烹饪，看着就倒胃口。诸如此类，还有什么东北炸蝉蛹、炸知了，福建的土笋冻，广东的各种山珍野味。长年在全国各地跑的人，想必每个人都有自己不堪回首的饮食噩梦。

中国人饮食，还有一个习惯，就是特别讲究食疗滋补，号称吃啥补啥。有一次在北京，明明是个烤鸭店，对方老大哥也不征求我意见，除了烤鸭之外，又点了道特色菜。菜端上来，看着像朵散开的花，那会儿大学刚毕业年少无知啊，完全不懂是啥菜。老大哥说，这道菜很补，要多吃，红烧牛鞭。话音刚落，我的内心又一次崩溃了，心想，这东西到底能吃，还是不能吃啊？老大哥又说，吃啊，吃啊。我红着脸说道，算了，算了。

与之相比，我去国外出差，看着菜单上的牛排啊，炸薯条啊，感觉食物简单真是好事，清清楚楚，是啥就是啥，免得大家误会。但有时候碰到在国内招待外国人吃饭，也是个头疼的事。

有次谈个项目，来了一卡车的美国人，临到晚上吃饭，边上的老美就跟我说，陈，等会儿上菜的时候，你一定要告诉我吃的是什么东西，因为我是美国人。我说，OK，没问题。话刚说完，服务员就给每人上了一盅例汤，虫草炖乌骨鸡。老美说，陈，这是什么啊？我心想你这不是为难我嘛，乌骨鸡英文怎么说，我隐约知道，虫草英文怎么说，我是真的不知道。陈，这究竟是什么汤啊？老美继续问道。我想了想，说道，这是"底里休斯"chicken soup[1]，好喝得很，你就快点儿喝吧。

---

1 "底里休斯"是英文 delicious 的音译，此句意为"美味的鸡汤"。

后来，稀奇古怪的地方去得多了，算是见识长了，心眼也稍微宽广了些。因而，将心比心，也不要总说中国人吃些稀奇古怪的东西，你跑到帕劳去潜水，想尝尝当地美食，人家给你端上个蝙蝠汤，你照样会恶心到反胃。凡此总总，我们还是要感谢全球化，感谢标准化。

最近餐食界种种"黑暗料理"之外，饮料界也刮起了一道道"邪风"，比如青岛崂山白花蛇草水。一个月前，生平第一次喝到此款"神水"，起先很犹豫。站我边上的青岛大哥则建议我要常喝此水，并催促道，有保健养生功效。边上一众人又继续怂恿，试试嘛，大口喝下去，醍醐灌顶。我听从了他们的建议，大口喝下去，哈哈，果然醍醐灌顶。因而，总结出一条人生体会：对于别人的话，你们不要不相信，不信，你们可以试试。

菜泡饭

大鱼大肉总归是好吃的，但我们的身体总有一天会负担不了这些。就像凯司令的哈斗，曾经可以一口气吃两三个，今年春节一个哈斗下去，就把自己的肠胃搞伤了。没办法，只好弄点儿小酱瓜，连着吃了好几顿菜泡饭。不是我没有雄心壮志，恰恰是因为大鱼大肉吃过了才知道，一旦身体负担不了，什么都是空的。

上海人喜欢吃菜泡饭，不是为了保护肠胃，究其根源，其实是舍不得浪费。剩菜剩饭再搁些新鲜青菜，冬天里吃了尤其舒服，习惯了一地的饮食，也就习惯了这个地方的处事方式。有一年，我记得单位搞活动，那天晚宴，领导嘉宾来来往往，热闹是真的热闹，作为各种社会关系中的一分子，我们都恰如其分地展现了各自应该展现的那一面。但是，身体是真实的，身体不会撒谎，你身体不舒服，死扛也没用。我就觉得，身体发冷，虽然还在不停地说话，但就是觉得发冷。好不容易回到家，第二天早上醒来，是个周六，不用上班。但之前就定好了中午在建国宾馆吃饭，各地来的朋友，不去肯定不合适，且饭后还有好几档见面。我有时候也疑惑，我们是否真的需要认识那么多人？当然，这种疑惑是自己问自己，对外讲，就是矫情了。五分钟后，把疑惑放一边，收拾一番，打车前往建国宾馆。

建国宾馆虽然是个四星级宾馆，但是地处徐家汇，历史悠久，也是非常有名的地方。楼上有伊藤家，吃日料烤肉，开了十几年的老馆子了。还有平壤玉流馆，正宗朝鲜菜，厨师、服务员都是朝鲜过来的，这家店里的推荐菜是神仙炉和参鸡汤，价格都不便宜。反正全上海的饭店里，让人感觉吃饭最有仪式感，食客神情既严肃又紧张同时还能活泼的，绝对属玉流馆。可惜前阵子关门了，而且关门也关得静悄悄的。另外，建国宾馆的大堂吧也是上海所有星级宾馆里最朴素的一家大堂吧，我挺喜欢那里的，但千万不要点他们家的咖啡，什么拿铁、卡布奇诺，都不要点，最多就点杯热美式即可。

紧挨着大堂吧的，是一家叫"小上海"的上海菜馆。这家"小上海"，属于你其实不想请人吃上海本帮菜，

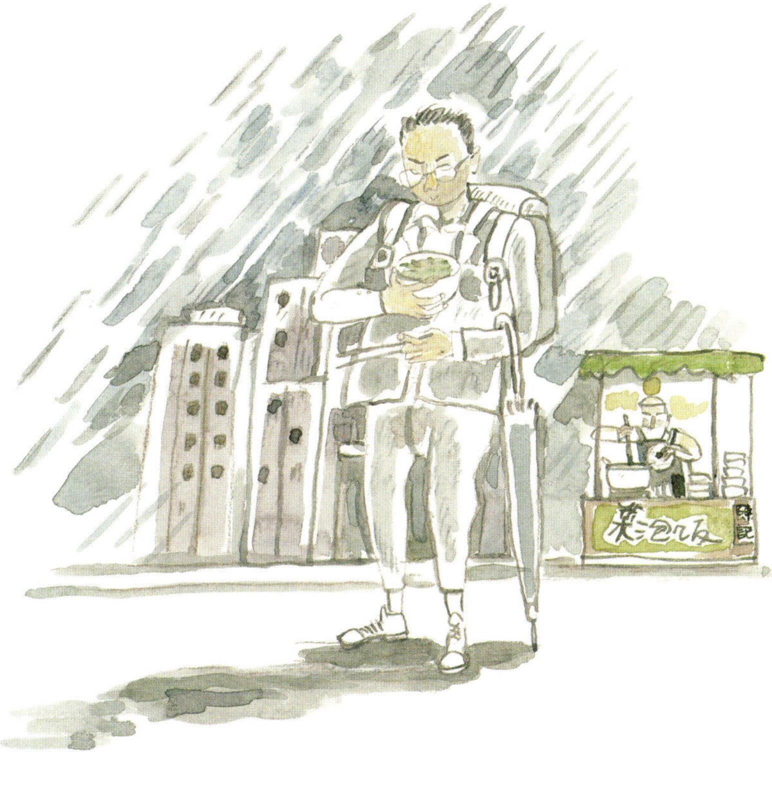
菜泡饭

但又非要吃上海本帮菜时的最佳选择。总之，不会惊艳，但也不会离谱。我一般在那里请人吃饭，都得是非常熟的人才行，说话排第一，菜品放第二。常规点的菜就是冷菜咸菜毛豆、四喜烤麸，热菜糟熘鱼片、面筋煲之类，然后配上油煎馄饨或锅贴。所以，一大桌子的人在"小上海"吃饭，其实是吃不到特别印象深刻的上海菜的，因为确实水平有限。但如果仅仅是为了聚会，把吃放在第二位，那真的还可以。

我对"小上海"情有独钟，全都是因为那次的菜泡饭。记得那天到了建国宾馆，大家都到了，菜也点好了，然后就聊啊吃啊，我实在是没胃口，浑身发冷，被抽空了一般。这时，不知是谁点了一份菜泡饭，满满的一大盆端了上来。我就拿了我的小碗，一碗吃完，又吃一碗，身体暖和起来，然后再吃一碗，身体又暖和一些。吃到最后，真真实实地感受到，这菜泡饭真是救人命啊，大汗一出，浑身通透！时至今日，我还是很感恩那碗菜泡饭，但那时候终究太年轻了，身体好了之后，又是高脂肪、高蛋白的，全是滋味第一、身体第二。若不是今年春节里，被那个凯司令哈斗狠狠地折腾了一把，我也多少淡忘了往昔的这份深情厚谊，淡忘了那碗菜泡饭的朴实无华。

除了菜泡饭外，我小时候，还特别喜欢腌笃鲜汤拌着米饭吃，一次能吃一大碗，春笋、冬笋来者不拒。如果竹笋也能算蔬菜的话，那我吃得最多的蔬菜就是竹笋，其他蔬菜，基本不碰。对于我这样的"肉祖宗"，我妈那会儿也是没办法，最后想出来的办法就是请菜泡饭帮忙。彼时我妈做的菜泡饭，准确地说应该是大杂烩泡饭，青菜只是配角，主角仍是混在其中的各种肉食。这类大杂烩泡饭，现在看来肯定碳水超标，那时候只知道好吃，根本想不到这些。就好比过去，我总觉得清粥小菜是离我很遥远的事情，骨子里觉得，这个世界大鱼大肉最精彩。很长一段时间里，我还觉得，也不是说清粥小菜不好，关键是时间还没到，等到岁数大了，折腾不动了，再清粥小菜吧。但世界转得太快了，眼瞅着，不是不愿意清粥小菜，而是不得不清粥小菜了。这就不叫洒脱，而是有些无奈了。

这些年，各种美食的书看了不少，唐鲁孙的、赵珩的，其中虽然也讲了不少朴素的食物，但饮食大系里，繁复的仍然居多，讲究食材精致的还是主流。通篇的美食书籍看下来，还是物质，还是得花钱，满满的"功利色彩"。过去我常买《橄榄餐厅评论》看，有阵子他们不遗余力地推荐日本威士忌，白州、山崎，还有余市。我也受了影响去买白州，因为杂志上的推荐总让人觉得喝白州要比喝芝华士、黑方显得更清新小众。但是，人这一辈子要经历的蛊惑实在太多了，日本威士忌价格猛涨之后，枪头还是掉头转回苏格兰单一麦芽，光买还不够，还得12年、18年一路往上，然后再单桶定制。

但细想一下，一瓶入门级的白州12年，如果就是一个人喝的话，其实真的可以喝好久。然而，为物所累之后，各种的积攒、各种的所谓全系收藏，又怎样呢？还是拿白州举例，除了发现现在的价格比那会儿翻了一倍之外，似乎也就没什么了。还能怎样呢？你一天喝一瓶吗？你的身体，总有一天，会负担不了这些多余的东西。

突然，远处传来一个声音，但它能保值增值啊。

也是，一旦探讨"价值"，这就直接变成一个哲学问题，而不是一个关于食物的品鉴问题了。

我们这种间或着写点儿文章的人，本心也不是非得在美食上扯感慨，只是在一个以主食稻米为最大标杆的饮食社会里，围绕食物生发出来的各种"隐喻"，最能打动人心。好比你问我，这世界上最开心的事情是什么。我答道，是肚子饿的时候，你能吃到眼前最想吃的那口饭。你又问我，这世界上最难的事情是什么。我答道，最难的事情，恰恰就是你能否在肚子饿的时候，吃到眼前最想吃的那口饭。

你看，这类关于食物的"打比方"，始终很吸引人。说一千道一万，大餐有大餐的好，菜泡饭有菜泡饭的好，总之，不要拿一样东西瞧不起另一样东西，这就给自己留好了退路。如同关于"菜泡饭"的各种表述与比喻，这大概也是上海这块土地上天然会产生的一种务实的食物共鸣。演化成"名人名言"的格式，那就是：不要嫌弃现在，因为过去已经过去，而未来还远在天边。

大排面

　　那天晚上去老码头参加一个活动，很多年不去外滩了，尤其是十六铺一带。看着江对面的各种江景豪宅，有些陌生，有些恍惚。作为一个南汇人，小时候来市区，总归得坐"沪南线"到终点站东昌路，然后坐轮渡到对面的十六铺，再辗转71路之类的公交车往市区里跑。东昌路是浦东的"码头"，因为是公交车总站，满是使劲吆喝卖茶叶蛋的小商贩。到了夏天，他们除了卖茶叶蛋之外，还要兼顾着卖大麦茶和冷饮水，在那个年代，这些都是公交车总站的标配。东昌路也罢，边上的烂泥渡路也罢，如今全成了江景豪宅，距离感陡增。

　　脑海里还剩下一些片段。想起小时候坐轮渡，上了船之后就喜欢往船头走，站在船头，闻着那股江水的腥味，期盼着快点儿奔向浦西，仿佛奔向新世界一般。十六铺是浦西的"码头",到了十六铺,你就离繁华近了一步。在轮渡上,作为生活在周浦、下沙一带的"西半县"南汇人,想起那些生活在惠南、大团一带的"东半县"南汇人,因为路途遥远,还得比自己再多坐一个小时的"沪南线"才能到达东昌路时,总有几分得意。同时,仗着自己是生活在镇上的"城镇居民户口",觉得那些"东半县"的才是"乡下人",有股子骄傲劲。回头真到了十六铺,一脚踏上浦西的地界,人家才不管你什么东半县、西半县,统统都是一样的南汇人,全是浦西人民眼里的"乡下人",活脱脱的尴尬。所以说,身份认同这个议题,顶适合做文学论文的研究,一个"identity"真心能把人搞死。

在我的记忆里,十六铺码头一直就是乱哄哄的,且就是电视剧《上海滩》里的那种"乱哄哄"。轮渡口出来,两边各有好几家饮食店,契合了"脏乱差"三个字,很少驻足。但就在马路对面,穿过中山东二路的拐角,有一家门面看起来还比较正宗的饮食店,专卖各种面条点心。我小时候跟着家里人去豫园、城隍庙,这里是必经之路。等到我上了初一,自己能独立到市区参加各种比赛、兴趣班活动时,我便成了这家饮食店的常客,进去必点一碗大排面。

大排面,是上海街边小店里的普通食物,当然比起阳

春面，它又显得高档些，因为毕竟有一块大排。至于大排的做法，基本上就两种，要么红烧，要么面拖，其中红烧居多。因为是特别寻常的东西，故而没有惊艳，只有亲切。时间久了，便总惦记着这份亲切。

吃大排面，有两种比较极端的吃法：一种是先把面吃完，然后再慢慢地享受那块大排；还有一种，就是先把最好吃的那块大排吃完，再慢慢吃面。据说这两种吃法，寓意着两种不同的人生态度，或苦尽甘来，或及时行乐。在我看来，这里面也没啥人生道理，就是计划经济烙印太深，明显的缺肉吃。我的记忆里，也有计划经济的尾巴，小时候家里还有各种肉票、布票、肥皂票，但很快就过去了，所以也没缺过肉吃。至于怎么吃大排面，总归是一口大排一口面嘛，物质丰富、口袋有钱的，那就大排面加素鸡加酱蛋，且放纵着吃吧。

大排面在很多场合，算一种"标配"。小时候家里老人祝寿或者周围邻居爷爷奶奶过"大生日"，必要准备大排面分发各家。同样的大排面，各家的烧法也还是有区别，碰到这种情况，我们家总归要把对方的大排重新回炉，对于那种完全烧过头、肉质硬邦邦的大排，就只能摇头，表示可惜了。

一般饮食店里的大排面，为了节约成本，大排总是拍得很薄，再裹上点儿粉，吃起来口感很嫩。这大排看似很大，其实分量并没有增加，因为那是真的薄呀。与之相比，家里的大排面量多实在，可为什么还要在外面吃大排面呢？或许，这里面也有心理比较优势的原因。好比你正坐在店里吃大排面，此时，你对面的兄弟正在吃辣酱面或者雪菜面，你是不是会感觉自己比人家奢侈了一丢丢？人么，总是逃脱不了攀比，即便这一丢丢的心理优势，积累多了，也就变成了强心针。

大排面有其地域性，出了上海，即便是在杭州，同样都叫排骨面，做法也有差异。至于到了北方，多的是牛肉拉面，或者炒拉条、炒面片，鲜见大排面的身影。上海的大排面，关键是要有大排，没有了大排，自然也就没有大排面这个说法了。但到了北方，那是真的没有大排，更不要说大排和小排的区别了。

我当年到北京上大学，充分体验了这种南北差异。你说，来一份花菜炒肉片，食堂师傅说，这叫菜花炒肉片；你说，师傅给我两个肉馒头，师傅扔给你两个馒头，你吃啊吃，吃到最后也没吃到肉，你问师傅馒头里为什么没有肉，师傅说有肉的那叫包子，肉包、菜包、豆沙包，知道不；你跟师傅说，我们上海把里面没有肉的叫淡馒头、淡包子，师傅说，同学你跟我说相声呢！

关于这个"大排、小排和排骨"的问题，后来我仔细研究过。尤其是逛过北京的菜市场之后，我发现，北京之所以没有大排，核心在于南方、北方卖猪肉的，对于猪的切割方法不同。为了说明什么叫大排，我不得不举起右手假装成刀的样子，在自己的身上比画：你看，这么切，是蹄髈，就是你们所说的肘子；然后，这么切，就是上海的大排，这么切，就成了你们北京炖排骨的那种排骨了。每每想到这些趣事，依旧生动，依旧自己也会笑出声来。

十六铺的那家饮食店，如今早就没有了，那个原址似乎就是现在的外滩SOHO办公楼，紧邻着新开河路。外滩SOHO，我晓得的呀，从这座高档办公楼往下看，全是川流的车辆，再往远处看，全是一线江景摩天楼。看着此番盛景，估计没人会说那里原先叫烂泥渡路，但是，那就是烂泥渡路嘛，至少过去它就是那个名字。

我现在外滩去得少，最多也就是到外滩几号参加个活动，走走场，几年也未必坐一次轮渡，沪南线更是有十年没坐过了。最近待在上海的时间开始多起来，上下班、外出谈事能走路就尽量多走路，拿着高德地图坐公交车，也比看纸质地图方便多了。时常早上坐88路公交车去办公室，人还没到车站，公交车就先靠站了，便急忙提速奔向公交车。当最后一个踏进车厢，车门关闭那一刻，感觉自己又回到了十七八岁，身上充满了活力。站在车厢里看四周，再看马路上的人群，感觉生活就像一碗实实在在的"大排面"，肉是肉，面是面，汤是汤。又想起前阵子在外滩SOHO朋友的公司里做客，时髦而洋气。朋友问我，怎么样？我说，地方是真的好，就是吃饭不方便。

彼此，微微一笑，很倾城。

下沙烧卖

上海办公室的楼下有一家"龚记馄饨",中午生意好,满足了商务楼里的就餐需求。某天忙完事,已经是下午一点了,便下去吃了一餐,看到招牌里除了各种馄饨之外,还有一款"下沙烧卖",忍不住一笑。这一笑,恰恰应验了自己的固执,即那份对"故乡食物"始终抱有不屑的固执。

我小时候住的地方叫沈庄街,按行政划分,沈庄街隶属于下沙镇,正是"下沙烧卖"里的这个"下沙"。我们那时候的童年,活动范围十分有限,幼儿园叫作沈庄街幼儿园,小学叫作沈庄街小学,横竖就在这条老街上混,至于三公里之外的下沙镇,一年也去不了几回。后来上初中了,没办法,每天得骑自行车去下沙中学读书,并进而有了和"下沙烧卖"的第一次邂逅。

每年春天到来，春雷响动之际，下沙就要办一个传统庙会，一般也只有在这个时间节点，才能吃到正宗的"下沙烧卖"。下沙烧卖就是赶春笋上市的时鲜货，且只做春天这一季，不像小笼包一年四季都有。那时候的下沙烧卖，属于最最"local"的食物，别说十公里以外，就是三公里以外的人，也未必真正尝过。

现在上网一搜，就出现了以下内容：下沙烧卖其名由来已久，相传源于明代。南宋建炎年间（1127—1130年），朝廷在今浦东航头镇下沙社区（古称鹤沙镇）建盐场并设盐监署，出现了经济繁荣的鼎盛局面。经济的繁荣，招来了倭寇的入侵，至16世纪时，倭寇经常来此大肆抢劫，特别是明嘉靖三十一年、三十二年，倭寇屡屡骚扰时为东海边境地区的下沙，老百姓对此深恶痛绝。当朝派兵邑居下沙抗倭时，深受下沙百姓拥戴。为了犒赏朝廷军队，老百姓便用精美的点心慰劳将士。由于平倭大军人多，乡人们和粉捏皮，剁肉拌馅——当时恰逢新笋出土，便用竹笋和肉做馅，包起了馄饨不像馄饨，饺子不像饺子的点心，上笼蒸熟。新出笼的美味点心深得将士们喜爱，有人问这是什么点心，乡人颇为风趣地回答："边烧边卖。""烧卖"由此得名。新中国成立以后，制作下沙烧卖的饭店、点心店仅下沙镇就有十二家。公私合营以后，下沙烧卖成了下沙饭店的经营特色。2011年，下沙烧卖制作技艺被列入浦东新区非物质文化遗产目录。

上面这段文字，我最熟悉，属于"地方志"的经典写法。当年我为了写文章练笔，也翻阅过《南汇县志》，但现在怎么也想不起里面有关于"下沙烧卖"的记载。作为本乡本土的当地人，自然不能完全依赖文字记载，还得讲讲自己的亲身经历。

我记得，那时候的下沙烧卖上市时间很短暂，因为是肉馅里加春笋，口感好不好，其实主要取决于春笋的味道。为了省钱，那会儿下沙烧卖里的春笋，取毛笋多，而取竹笋少，同时，为了进一步节约成本，取了毛笋之后，也并非只取笋尖与中段，包括下面的底有时候也不舍得全部剁掉。反正剁在一起混为一体之后，就拜托食物自己发生碰撞、滋生美味了，因而这些烧卖蒸出来之后，碰到"老而硬"的笋丁，便会影响口感。好在正宗的下沙烧卖里还要加肉皮冻，这道工艺充分保证了蒸熟以后馅里还有汤汁，可以对冲掉老笋丁的毛糙感。但那时候现蒸现卖的下沙烧卖还有一个致命弱点，即碍于当时的保温设施，裸露在外面太久之后，烧卖皮会变得极度干巴，尤其是顶上的那一圈，特别不好吃。

我上初中那会儿，下沙烧卖还属于下沙饭店的"专

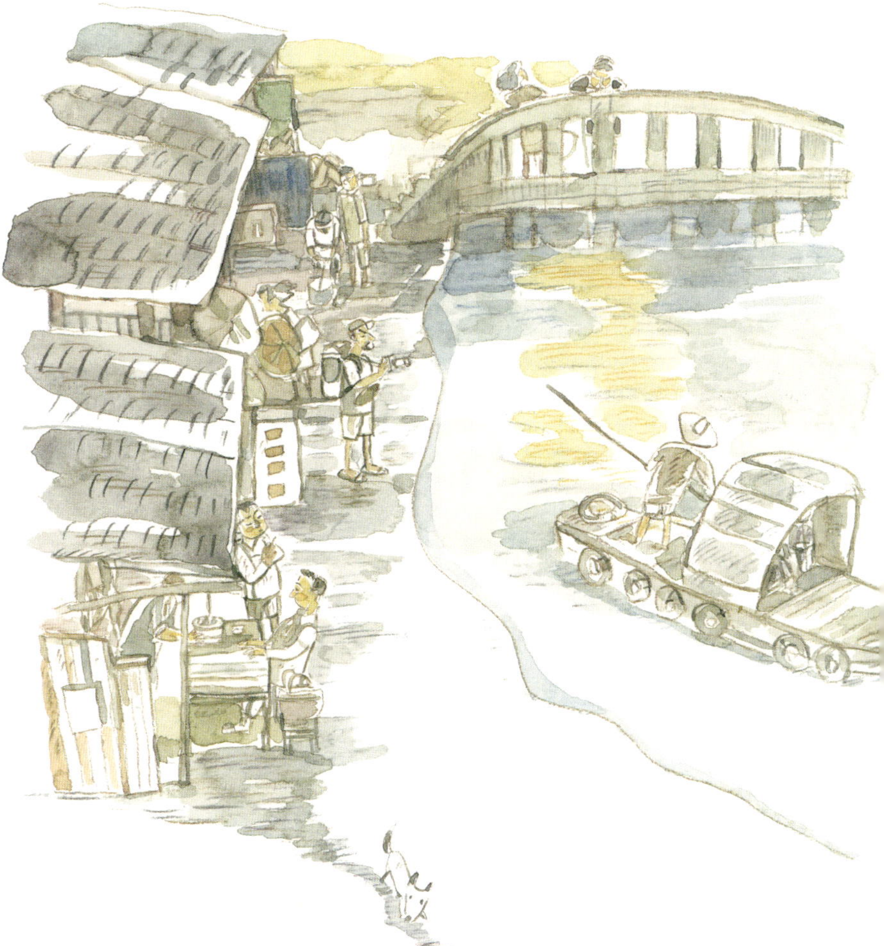

卖",分两种,肉馅的和豆沙馅的。肉馅的好像是七角钱一个,豆沙馅的好像是五角,这在1994年,也算是比较贵的小点心了。那时候,一碗辣酱面,好像是一元三角,两个烧卖吃不饱,一碗辣酱面至少能吃饱啊。再说下沙这地方,远不能跟朱家角、七宝老街相比,属于靠哪儿都不沾的地方。很长一段时间里,下沙烧卖属于下沙本地人的吃食,谈不上什么大名声。待到电视媒体里多了许多美食栏目,也不知道哪方神圣的功劳,几年间"下沙烧卖"突然走红了。对此,我总觉得很奇怪。

　　自打有了名气之后,下沙镇上做"下沙烧卖"的店铺渐渐多了起来,且纷纷自称祖传手艺、几代传承,相比较而言,下沙饭店却式微下来。再后来,沪南公路边上冒出一家叫"德持烧卖"的店,质量比较稳定,俨然成了"下沙烧卖"领头羊。每年春天,无数人在"德持烧卖"门口排队,这大约是在2008年前后的事情了。本地人总归理解不了为什么那么多外面的人要慕名而来,就像今天你看路边的所谓网红店,其实有啥好吃的,就是凑个热闹。反正我每到春天时节,看到那么多人在"德持烧卖"门口排长队,就是这个心情。

　　对于故乡的食物,还是得讲究一个实事求是的原则,但原则有时抵不过人情,尤其抵不过人们对于"家乡土特产"的顽固印象。下沙烧卖走红之后就有朋友问我，每年春天春笋上市的时候，你是不是会很想念家乡的下沙烧卖？我心想我又不是神经病，难不成每年春天竹笋一上市，我就要乡愁发作一次啊？还有朋友会问我，你们下沙最有名的就是"下沙烧卖"了吧？通常碰到这种情况，我都会跟他们讲，下沙最有名的不是"下沙烧卖"，而是傅雷，就是写《傅雷家书》的那个傅雷，你们难道不知道吗？事实上，很多人确实不知道傅雷是下沙人。

如同大多数人都是先听说《傅雷家书》，再去了解傅雷这个人一样，若不是下沙烧卖的走红，恐怕也没有多少人会知道有下沙这么个地方。客观地讲，"德持烧卖"这家店，对于提升"下沙烧卖"的整体质量是做了贡献的。我对这一故乡食物的印象转变，从完全没好感到稍微不那么反感，也主要是因为"德持烧卖"的出现。

下沙烧卖出名之后，看着那么多外面的人都在排队购买，作为本地人，其实内心也有些慌张，生怕错过了身边的"紧俏商品"。每到下沙烧卖上市之际，我每次回家，我父母便总想着要塞我至少两盒烧卖，每盒足足二十个。起初也是反感，不拿显得不孝顺，拿了肯定吃不掉，主要还是停留在原先那个干巴巴的印象里，四十个干巴巴的烧卖肯定是负担。没想到那次买的居然是"德持烧卖"，尽管是生的，回家蒸上十五分钟出锅之后，竟然一股"诱人的食物气味"。这款下沙烧卖，肉质新鲜，用的竹笋也是嫩头，混合在一起便构成了"鲜美"的"基本盘"。那次，我一口气吃了六个，但我没敢跟我父母讲，生怕下次回家他们再多买好几盒。更何况，这下沙烧卖里面全无半点儿糯米，全是实打实的猪肉、笋丁和肉皮冻，还是蛮扎实的。做爸妈的，生怕自己孩子吃不好，吃不饱，你说好吃，可不就狠命再多塞你点儿啊。大家务必听我一句劝，掌握说话的分寸，和掌握吃饭的节奏，同样重要。

我有时看别人写的文章，说在外面吃到一道菜，竟吃出来"妈妈烧的菜"的味道，然后就感动得要哭出来。每看到这种文字，我就感叹作者的写作水平太差，修辞煽情全都落了俗套。单从正常的饮食习惯而言，当你长时间地吃一种菜，口味是会改变的。所谓故乡的味道、家的味道，隔的时间越长、越不接触，味觉是会疏离的。突然一道菜吃出家的味道，主要还是因为你好久没回家了。但要真的那么久没回家，再回到家吃那一口"妈妈烧的菜"，其实未必有那么好的效果，多半是自我美化。

菜的味道，说到底就两种，好吃与不好吃。超出这两个范畴的，都是附加在菜品上的其他意义，人文、历史、宗族，等等，无一例外都是菜品的附加。好比我自己，最近十几年，吃的都是"丈母娘菜"，我妈烧的菜，我一年最多吃两到三次，平时回家也大多在外面的餐馆就餐，很少在家里吃。偶尔几次吃"妈妈烧的菜"，我嘴巴上不说，但我的味觉不会忽悠我，并非我忘记了，而是真的不习惯了。好在我是我妈教育出来的，我啥心思，我妈一眼就能看出来。看到此情此景，她也不说，因为她知道，最近十几年的"丈母娘菜"，精美无比，我吃得很舒坦。两边都是"妈"，都好。

因而，对于食物的迷恋，不能隔得时间太长，如同情侣谈恋爱，不经常在一起，肯定会生疏。你看那些去国外读书的女生，在国外待上半年以后，优秀的国内男朋友都分手了，新找的男朋友全是身边那些个普通男生。为什么？因为人和人相处，和饮食是一个道理，唯有常来常往，才能彼此默契不生疏。时不时地去吃个小笼包，吃碗焖肉面，也就是为了保持这么一个既定的、彼此都舒服的频率。

吃河豚

吃河豚，是个老话题了。凡美食家，不能没吃过河豚，凡美食作家，不能没写过"吃河豚"，否则，都不算"入门"。按照现在的美食文章套路，写文章必要寻古，为了写这篇"吃河豚"，我还真去翻了翻袁枚、夏曾传的《随园食单补证》，看看里面怎么个讲法。这《随园食单补证》里的"江鲜单"部分，第一个讲的是刀鱼，然后是鲥鱼，最后一个正是河豚——"青背腹白，触物即怒，其肝杀人，正今名为河豚者也。"《随园食单补证》引用《博雅》里的记载，把这小怪物写得颇为形象。民国时期的美食文章，也写过不少河豚趣事，大抵的写法是要把这美食与性命紧紧联系在一起。譬如，某大家为了美食舍命一搏，当这"危险"食材触及舌尖时如同刀尖舔血，瞬间兴奋刺激如电流，爽得一塌糊涂。但此种表述，更多的还是

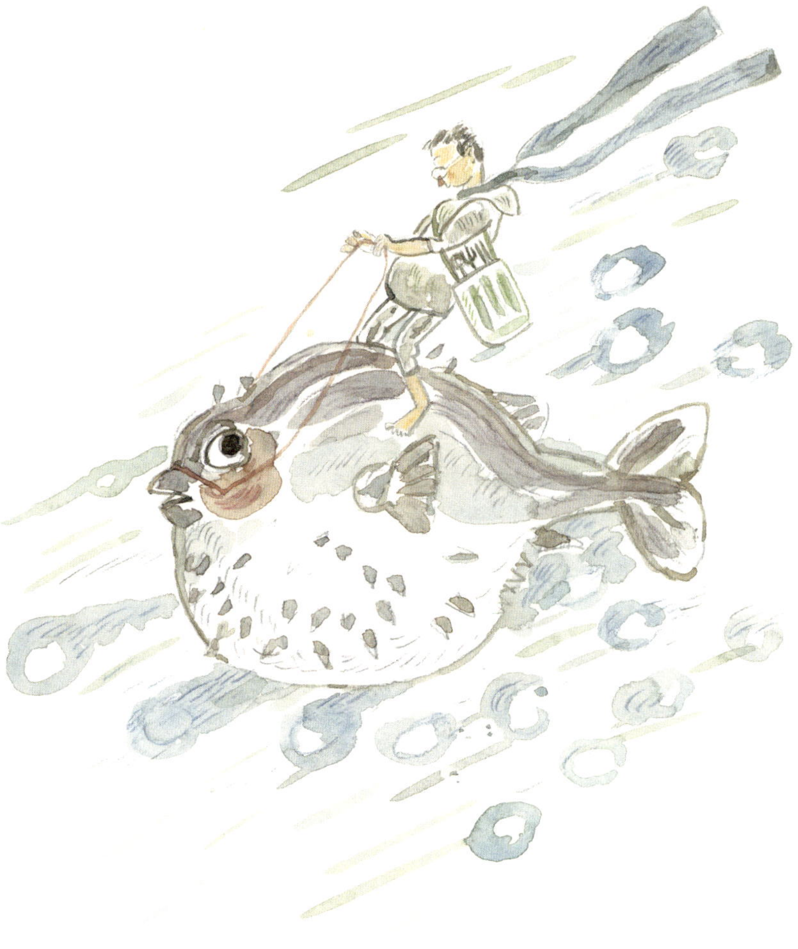

渲染，到了咱们新时代，吃河豚完全不是那么回事，跟丢小命也基本没啥关联。现在的河豚大多是家养的改良品种，想吃拿钱来就行，不用拿命，而且也用不了很多钱，只要钱包稍微厚一丁点儿就行。

上海宾馆的顶楼，曾经有一家新花城，里面做的红烧河豚，是我吃过的河豚里最好吃的。而且，早些年，要想在新花城吃到河豚，还得熟人介绍才行，菜单上压根就没有这道菜。即便是熟人，点菜时也搞得很神秘，你得招呼经理，压低声音说道："来两条那个鱼"或者"来两条泡鱼"。好像不搞得神秘些，显示不出来这顿饭有多珍贵似的。

我十几岁时就听说吃河豚有一整套规矩流程，比如河豚端上来之后，要主厨师傅先尝一口，过一刻钟后，厨师还活蹦乱跳着，则食客方可安心享用这道美味。因而当我踏上社会后，来到上海宾馆顶楼第一次吃河豚，发现菜端上来之后，厨师根本就没出现，而且是等了好久也没出现。我正纳闷，这社会套路深啊，边上大哥慢条斯理地提醒道，吃吧，现在都是家养的，死不了。听闻此言，我这才放心，开始动筷吃起来，哇，好好吃。所有美食，最好的评价，就是"哇，好好吃"。

新花城的红烧河豚，全部用草头打底铺在餐盘底部，一人一条，摆盘也好看。但凡是提前预定的，红烧的汤汁自然就熬制得充分，浓郁黏稠，先吃鱼肉，鲜美，再吃带刺鱼皮，第一次吃可能些许不习惯，但据说这东西对胃好，囫囵吞下去就是了。我的习惯是，吃到一半时，得把白米饭拌进去，红烧汤汁包裹着饭粒最好吃。

上海宾馆的顶楼特别安静，来的都是回头客，加之有红烧河豚这样的猎奇美味，也就成了隐秘的美食据点之一。说来奇怪，过去对各种新开的饭店都很有兴趣，喜欢探宝。如今每逢请客吃饭就很是头疼，颠来倒去，脑子里剩下的就那几家"老饭店"，食材好，价格又合理，关键是安静没人，应是最大的优势。

新花城除了红烧河豚之外，其他的菜品也非常有特色，我常点的有红烧蚌肉老豆腐、咸肉百叶蒸鳝段、笋干风鹅煲，冷菜里的酱汁猪肝、绍兴小素鸡、咸菜小毛豆，都是保留菜品。与北京的饭店相比，这样的食材和性价比，上海堪称一等一的优等生。不过也是好久没去了，最近一次请客吃饭，想来想去还是放在上宾顶楼。一看菜单，红烧泡鱼直接印在了菜单上，想来也是时代进步，不用藏着掖着了，反正也是家养的，没毒，请放心。

那几年在上海吃河豚，总觉得有点儿猎奇，有点儿小刺激，其实往江苏几个城市走走，根本就没那么多讲究，十分平常。且不说源头江阴，单是南京、无锡、常州几个城市，也是很平常的。早些年在南京，江苏的朋友就在鼓楼附近的一个饭店请我吃红烧河豚，两个人吃饭，对方待我好，给我单点了一条，自己却不点，理由是昨天刚吃过。我一个人吃红烧河豚，却吃得有一丝丝害怕，两个人一起吃，我肯定没有心理负担。还有一次在无锡，太湖边上的太湖饭店，那时候岸边停了龙船舫，可以在上面吃饭看风景。我印象中，龙船舫上做的红烧河豚纯正美味，价格还比上海便宜不少。再比如常州，无意中遇到过一家开在市民公园里的常州土菜馆，菜单里就有河豚，点上一试，也属于合格线上的水平。

河豚在食材中属于高档货，宴请贵宾吃河豚，肯定是很表心意的事情。但请吃河豚，必要的规矩还是要有的，首先得征得对方认可，因为真有个别朋友害怕吃河豚，再怎么解释也没用。碰上这种，千万别强求。

除了红烧河豚之外，白汁烧也十分普遍。我有一年在青岛，黑夜里去了一家很怪异的饭店，专做河豚的。因为这家饭店远近闻名，客人不少，最特别的是，这家饭店的中庭里居然养了只海狮，没错，就是海狮顶球的那种海狮。从一楼上到二楼的包间，一边吃着白汁烧河豚，一边还能听几声海狮叫，特别怪异。那家店做菜不错，饭桌上摆放筷子的"筷枕"也做成了河豚样，上面还烧了一个"豚"字。看着这个"豚"字，我也只能把它理解成河豚的意思，而不是它的本意。

还有一次在北京的亦庄，话说亦庄真是个神奇的地方，在北京的东南角茁壮成长，自成一体。那天我去亦庄剧组探班，大导演待我特别好，说要请我吃海鲜。我说，咱这么熟了随便吃点儿就行。大导演不肯，点了几个菜之后，补上一句：陈总，这饭店特神奇，居然有河豚，我预订了两条，咱尝尝，您是上海人，看看是不是有那么点儿意思。后来河豚端上来了，白汁烧，从菜的外形而言，有那么点儿意思，也确实是河豚。但吃起来，我感觉这河豚可能饿肚子饿了很久，也很有可能它们是亦庄为数不多仅存的那几条河豚，因为鲜有人光顾，所以这么些天下来，它们真的瘦了，俗称的泡鱼瘪掉了。大导演碰上荒诞可笑的事情时，通常会蹦出他的那句经典口头禅："怎么个意思啊？行不行啊？"这时，大导演大概也觉得这河豚太纤瘦了，便问我，怎么样，有那么点儿意思吧？我忙说，是，有那么点儿意思。我还补了一句，回头到上海，请您到上海宾馆楼上，吃红烧河豚。大导演多聪明的人啊，秒懂。

现在专做河豚刺身的饭店也多了起来，对此，我是存有戒心的。若干年前，依稀记得是在北京东三环边上的一家日料店，门面不显眼，进了店里却别有洞天。那个时候即便在上海吃河豚也是比较隐蔽的，在北京的这家日料店里，居然能吃到切成了薄薄的一片片的河豚刺身，可见隐蔽工作做得多到位。那次吃饭，是我记忆中，唯一一次有厨师出来先试吃河豚的。试吃结束后，大厨还解释道，这河豚处理干净后，又在自来水水龙头下冲了好几个小时，请各位放心食用。那次吃河豚刺身，毕竟是生食，我是有点儿紧张的，生怕有任何闪失。但当河豚刺身入口的那一刹那，确实感觉鲜美至极，真的瞬间兴奋刺激如电流，爽得一塌糊涂。

去年秋天的尾巴上，一家人去了京都和大阪，这是我第一次去日本自由行旅游。话说去异地，我最烦做什么攻略，尤其是在饭店的选择上，特别不愿意按图索骥，拾人牙慧。凭咱多年行走美食江湖的经验，看饭店好坏，肯定八九不离十啊。

在京都，初来乍到，第一天的晚饭吃得比较随意，果腹而已。吃好饭在街上遛弯时，碰上几家著名的"网红店"，非说要提前三天预约才行，很扫兴。第二天的晚饭，我充分发挥主观能动性，在鸭川边上二条通附近"扫街"，还真被我找到一家环境、菜品俱佳的老饭馆。随后，辗转去了大阪，好几顿饭也是吃得匆忙。临了回去的前一晚，我寻思着得找家好点儿的饭馆，便在宾馆附近一阵晃悠。突然，一家专做河豚料理的小店，吸引住了我。我在店招前驻足停留，把菜单仔细研究，这河豚又做刺身，又做火锅，还能炸着吃，一道道，特讲究，价格也不贵。但在最后一刻，我犹豫了，心想日本人做东西比较实在，上海的河豚都是家养的，我不怕，这日本的河豚万一真是野生的，又做成刺身，万一吃出啥问题来，一家老小，可都在呢。算了，算了，最后还是吃了顿烧肉，再补上一碗"一兰拉面"，心里方才笃定。

吃河豚，多少还是会碰到一些突发状况，这是在所难免的。上一次在常州，就在那家土菜馆里，真的碰到了。那天中午，我心血来潮点了河豚，想着也让小朋友尝尝这美味，肉没敢给他吃，就拿汤拌了点儿米饭给儿子吃。不承想回到上海后，小朋友身体不适，发烧打点滴折腾了整整一周。故而心有余悸，每逢说及河豚，就会想到此事，倒是我儿子比较淡定，每次都纠正我："不对的，我那次生病，是因为恐龙乐园水上世界的水太脏了，我吃到肚子里去了，有细菌。"但我想，无论如何，让幼儿园的小朋友吃河豚，总归是不对的。他这个年纪，还是吃红烧肉圆比较好。

小馄饨

有一种观点,但凡童年缺失的东西,长大了就会变本加厉地"怀念和补偿"。现如今,我隔三岔五就会去超市买上两包立丰牌牛肉干,隔三岔五要去吃碗小馄饨,看来都是童年缺失造成的。立丰牌牛肉干,这玩意儿在我的童年记忆里,一直就是奢侈品,吃几粒不容易。而小馄饨作为上海饮食店里的一种经典吃食,最适合小朋友或者成年人胃口不好时来一碗,调理肠胃,垫垫肚子。这两样东西,我是百吃不厌的,尤其是小馄饨,还有不少记忆犹新的故事。

有一年冬天,大概小学三年级吧,只记得那天早饭吃的是苏州亲戚带来的猪油糖年糕,吃下去后总感觉不消化,堵在肠胃里难受。我那时候每到冬天鼻子常会流鼻血,那天也不知怎么搞的,鼻子又流血了。但这次没有往外流,而是一个倒转回流到喉咙口，一股血腥味瞬间冲上来，顿觉恶心异常。一反胃，这些误入食道的鼻血，夹杂着不消化的猪油糖年糕，稀里哗啦地全部呕吐了出来。

好家伙，这地上的红颜色，一半是尚未消化干净的猪油糖年糕，另一半是鲜血，把我身边一同上学的小伙伴们给吓坏了。我原地站住，也吓傻了，完全不知道这吐出来的血是从哪里来的，也不知道该怎么办。小伙伴此刻已跑去通知我家大人，说你家陈佳勇吐血了，快去看看吧！我们那一代是最早的一批独生子女，这独生子女一清早就吐血，那还了得。我爷爷奶奶立刻把我送往医院，在那里迎来了我生平第一次大抽血。硕大的玻璃针筒，针头就这么扎了下去，我居然没哭。刚抽完血，我妈已经从单位赶过来，连忙问医生怎么样，医生说要等验血结果。我那会儿懵懵懂懂，总觉得一大清早吐了一地血，还把家里大人全部惊动，估计这次事情搞大了。

那年月，验血结果要等到第二天才出来，我妈便带着我来到医院门口对面的饮食店，给我点了一碗小馄饨。我只记得那碗小馄饨特别美味，估计心里也在琢磨，这怕是人生中最后一餐，对生死的体会都在这一碗小馄饨里了。你看，这馄饨皮薄薄的，一丁点儿肉馅裹在里面，不张扬，但也恰到好处，小小一碗，吃下去，刚刚好。

一边吃小馄饨，我还一边看饮食店的老板娘如何手脚麻利地包小馄饨，只见她手拿着一根小竹片，拨一点儿肉馅到馄饨皮里，再一捏就好了，速度飞快。

我自己一个人吃着眼前这碗小馄饨，也不敢看我妈的脸，只觉得自己做错了事，惹得全家人担心。世间许多美好，大概要就此告一段落了，眼泪也忍不住掉到了馄饨汤里。后来验血情况到底怎样，我已经记不清楚了，反正第二天是我爸去医院取了验血的报告，应该发觉是虚惊一场。唯一的后遗症是，自那以后，苏州特产猪油汤年糕就再也没有进过我家门。

那年月，一日三餐基本都在家里吃，吃碗小馄饨其实并不像现在这么随意。好在我小时候生活的老街上有一家国营的饮食店，负责人还是我家熟人，提供了不少便利。我那时候住爷爷奶奶家，偶尔他们有事中午不在家，便会给我零钱，嘱咐我去饮食店吃碗小馄饨当中饭。这是我难得的在外就餐机会。饮食店掌勺的也是熟人，平素里还要叫声"奶奶"，因而同样一碗小馄饨，每次我的碗里总要比别人多上好几个。那会儿不觉得是揩了公家的油，只觉得与其他人相比，受了额外的关照，还觉得挺有腔调。

再后来，国营的饮食店没有了，转成了私人承包。但我去那里吃小馄饨，照例还是老样子多加分量，因为承包饮食店的还是长辈熟人。只是随着年龄增长，一碗小馄饨哪里吃得饱，便开始吃一碗大馄饨，然后是大排面，再然后就是发展到焖肉面加素鸡加酱蛋，一碗面条往往弄得"穷奢极欲"，却真当是吃得下去啊。

后来上大学去了北京，再然后大学毕业留在上海市区工作，这老街上的生活便疏离了。你会发现接触的生人越来越多，小时候的熟人却很少再能见到。现在去任何一家饮食店，哪怕是社区周边的，见到的更多的还是陌生人，不像小时候在饮食店里吃小馄饨，一抬头，要么是隔壁邻居，要么是同班同学，或者同学的哥哥姐姐弟弟妹妹。总之，过去的碗里，一半是小馄饨，另一半其实是人情。不像现在，就是一群纯粹的食客，与人情社会毫无关系。

这还不是最可怕的，最可怕的是"手机外卖"的出现，有了这玩意儿，大家连去店堂里坐下来吃东西的意愿都快消失了。为了不让这真实的就餐环境"消失"，现在每次我想吃小馄饨了，我都会尽量去店里，安安静静地坐下，认认真真地吃完。我怕再不去吃，以后都改外卖，连这种烟火气也要消失殆尽了。

国庆节长假，总觉得脑子昏沉沉的，窝在家里，哪里也没去。想着过去，哪怕春节放假，只要饮食店开着，我

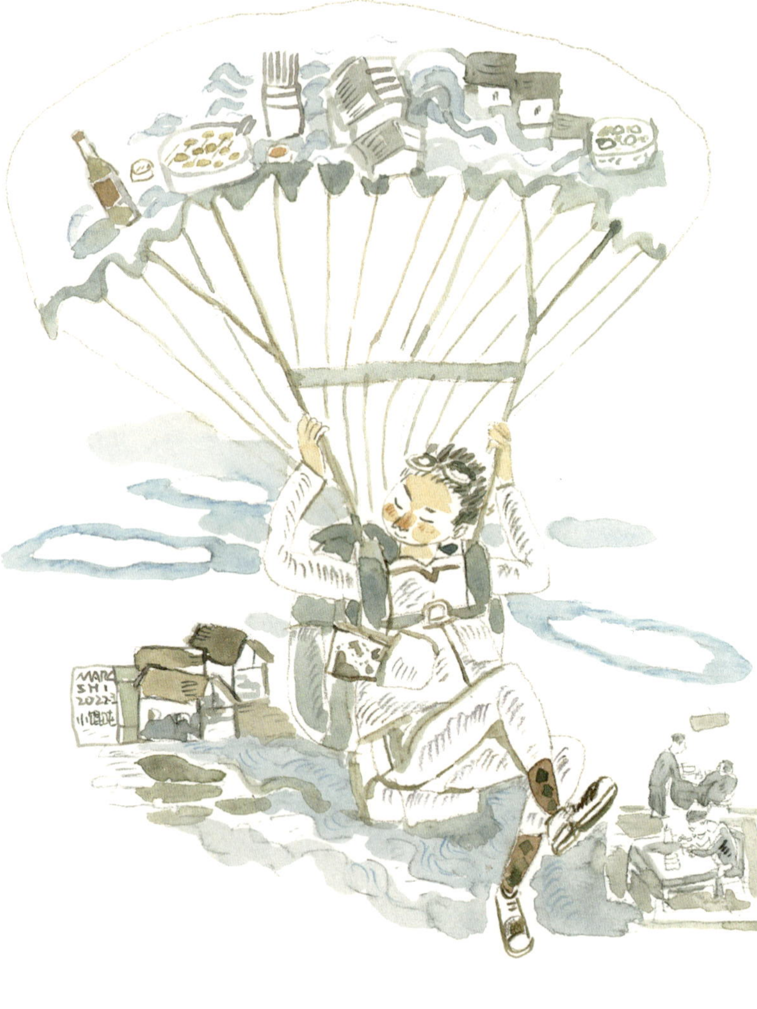
MARC
SHI

都会早起去吃一顿丰盛的"碳水化合物"中式早餐。依照"穷奢极欲"的排列程度，还列了个先后次序，分别是焖肉面加素鸡加酱蛋加一笼汤包、焖肉面加一笼汤包、小馄饨加一笼汤包，再不济，也必须是一碗虾肉大馄饨。如今，很少这样了，老了，吃不动了。尤其是脑子昏沉，说明实在胖得不行了。

国庆假后，某天早上送小朋友去幼儿园结束，想着金秋十月最适宜走路。但走路之前先得垫垫肚子，正好幼儿园拐角处有一家苏式饮食店，我便追求仪式感地在店里坐好，要了一碗小馄饨，花费五元。且看这碗小馄饨，葱花少许，蛋皮少许，小馄饨皮薄，品相一流。我拿起汤勺，浇点儿醋，不看手机，认认真真地吃完了这碗带有"仪式感"的小馄饨。随即，心满意足，开始走路上班。这一路也得有五公里呢。

沿着可乐路一路向东，经过上海动物园的繁殖场。最近大门总开着，已经连着好几天看到笼子里的老虎了。再经过马相伯出资建造、邬达克设计的教堂，一路看边上垂钓的老大爷，过了剑河路，便逐渐接近上海西郊别墅区了，可乐路到头青溪路左转，正是著名的檀宫和著名的西郊宾馆。再右转至虹古路，便是近期大出风头的西郊五号餐馆。这路两边全是隐秘的别墅，行人稀少，走路更是幽静。过了中环,再次回到寻常百姓的居民区,行到此处,这五元一碗的小馄饨已消化了六成,感觉生活很踏实,也很妥帖。

或许是童年的缺失,也有可能是不自觉地想美化童年,我总是想把这一碗小馄饨描绘得"岁月静好"。小小的一碗小馄饨,易于消化,不会丰盛到成为负担,但一碗下肚,也确实抚慰了风尘。现如今,看着满满一桌菜,居然兴奋不起来。大鱼大肉,过了也就过了,想吃的时候若能吃着,是福气,也是能力,不想吃了或者吃不动了,再端上来,也实在是累赘。

但人和人之间,天然地有差异,有鸿沟。

我就认识一位行业大佬,过了六十的年纪了,依旧可以一顿饭喝两斤半黄酒,吃八只大闸蟹,甚是佩服。那胃口,那生命力,真不是一般人能企及的。再后来,听说大佬遇事避走四方,从一个国家辗转到另一个国家,那时候大佬都快六十七八了,听着很唏嘘。但其他人又说了,尽管大佬流落异乡,但胃口还是很好,饮食男女,没啥大变化。有时候,你不得不承认,人生真的太多样了。

当然,我在这里需要坦白的是,我走路上班这件事,后来只坚持了三天。对于这碗小馄饨的描述,也并非百分百的"岁月静好"。走在路上,突然一个电话进来了,突然一件事情需要处理一下,或者驻足等红绿灯的时候,还要赶紧看一下开市前的行情。大家知道,那两年传媒板块股票确实跌得比较惨,吃一碗"岁月静好"的小馄饨,也无法挽救这种无力感。说到底,还是每个人的承受能力不同,我本心向"小馄饨",奈何资本市场里,饮食男女,喜欢的全是重口味。

日式烤肉

一月下旬,这疫情说来就来了,诸事停顿。不想面对,也得面对。

于自己,窝在家中,直到慢慢复工,于小朋友,则上起了网课,伴随着网课,演绎了种种鸡飞狗跳。这种时候,最想到外面大快朵颐一番,无奈外面的饭店都歇业了。

遥想疫情前在外面吃的最后一餐饭,是在家门口的"毕真烤肉"。这家店开张之后,甚得我家小朋友欢心,其实我明白,火车跑得快,全靠车头带。在喜好吃肉这件事情上,我是那个火车头,小朋友是步了我的后尘。久而久之,我发现小朋友对烤肉渐渐有了"执念",这个趋势已不可阻挡。对此,我内心只有一个愿望,那就是:娃啊,长大以后,切莫变成一个胖子。

说起这家毕真烤肉,准确地说,应该算"韩式烤肉",

价格适中吃起来没负担，再则，就在家门口，想吃就吃，不用走远路，图个方便。在我和我家小朋友的共同探索下，我们一致觉得里面的一款"吾桑格"不错，牛肉肥瘦相间，最美味。我们一家三口去吃饭，以三盘"吾桑格"打底，其余就着当天的心情随意搭配一些牛小排即可。但单品价格贵的牛肉，一律不点，核心理由就是：要吃贵的、好的，那就应该去日本的叙叙苑。在叙叙苑，一份最好的和牛，六片，也就五千日元，折合人民币三百块，合一块牛肉要五十元人民币。但那款和牛，可是最顶尖的好牛肉了，一块入口，人生满足。

　　我家小朋友之所以知道叙叙苑，也是我带的路。那次带他去名古屋玩乐高乐园，一整天玩疯了，待到吃晚饭时，直接拉去叙叙苑吃牛肉补充体能。人吧，最怕看过了好的，吃过了好的，自打引到叙叙苑这条"贼船"上后，我就一直在思索如何让男孩子"由奢入俭"。如今看他这么钟情毕真，心里的石头也就落了地。吃肉之余，又常常引导着小朋友把五千日元，按照一比六，或者一比六点三的汇率，折合成多少人民币，再除以六，折合每块肉多少钱，再让他看这一份四十六元的"吾桑格"，看看哪个更合算。吃肉的同时，又做了数学题，也算是我的"小心机"。

等啊等，等到疫情终于松动可以堂食了，解禁之后的第一餐，我就带着我家小朋友去了家门口的毕真。在餐厅坐定，缓缓摘下口罩，当我把烤好的"吾桑格"夹到小朋友碗中时，我问他什么感受？已经两个月没来过毕真的这位小兄弟，饱含深情地对我说道："爹，我们啥时候能再去叙叙苑啊？"

是啊，原本作为期末考试的奖励，定好了去东京吃叙叙苑，后来疫情暴发全部取消。我也很无奈，只好对小兄弟说，也许要等明年了，如果明年还不行，那我们的五年多次往返签证就要过期了。顺带着，我又把国际形势、地缘政治跟他讲了讲，最后一人一个冰激凌收尾，愉快地结束了这顿堂食。戴好口罩，归家。

我猜想，如果以后让他写作文《背影》，十之八九，笔下的父亲背影，就是那个吃好烤肉，从店里走出来的胖子的背影，一定很生动。

在回家的路上，小兄弟问我，在上海还有比毕真更好，像叙叙苑那样的烤肉店吗？我说，很多年前，是有的，那家店名叫"小南国"。这一路，我将小南国的种种美好记忆，像诉说革命家史一般，娓娓道来。

我说，那个时候，离我们家近的，虹桥路上有一家小南国，古北路上也有一家小南国，再远一点儿，就是在新

锦江楼上的那家小南国了。那里的烤肉是日式烤肉，一份肉上来，肉里的雪花清晰可见，放在烤盘上，滋滋作响，香气扑鼻。烤好后，夹起肉，在最朴实的酱汁调料里一蘸，放到嘴里，入口即化。为了加深小兄弟脑海里的画面感，我继续说道，就跟在叙叙苑吃到的顶级和牛一模一样，你能体会到吗？小兄弟配合着咽了咽口水，充满期待。

接着我又说道，除了烤牛肉之外，小南国最经典的还有一个火锅面,就是面条牛肉蓬蒿菜放在一起煮,最后撒上一些白芝麻,再加一点儿鲜辣粉,拿这碗面来收尾,人生大满足。

对话进行到此处,已经接近临界点。小兄弟对我说道,爹,那我们明天就去小南国吧。我说,这几家店都已经关掉了。听闻此言,他兴许是知道了这个世界的好,却又不能亲身体会,便十分不爽地对我说道,店都关掉了,那你还说这些做啥?我说,留个念想也好的。他愤怒地批判道,吃吃吃,就知道吃!说完,一个快步,走到了我的前面。

其实,仙霞路一带也是有很多日式烤肉店的,但都是一间间小门面,很少涉足。偶尔一次,带着小兄弟去了其中一家"烧鸟店",光线暗沉,印象很一般。小店吃的是"调子",大店吃的是"敞亮",吃烤肉,我还是倾向于小南国、叙叙苑这样的连锁大店,论肉的品质,总还是大店吃起来让人放心。加之就餐环境舒适,吃着一块块油脂含量丰富的上好牛肉,再配合着喝杯冰啤酒,札幌SAPPORO啤酒这种,天然绝配。无奈现在这些都成了回忆,因为出行的限制,我们只能面对现实。现实就是,门口有家毕真,聊胜于无。

距上次解禁吃肉只过了三天,我和小兄弟又想去吃烤肉了。出于对我们俩的"厌恶",家里领导指示,就你们爷俩去吧,真是没救了。到了店里,我说我们干脆来个最直接的快速吃肉法吧,小兄弟点头同意。于是,我们一人点了一碗白米饭,再就是点了三盘"吾桑格"、一盘牛小排,其他花里胡哨的东西,一律不点。就这么吃两口肉,再吃一口饭,我和坐在对面的这位小兄弟,四十分钟就把晚饭吃好了。这中间,还包括我亲自烤肉的时间,可想而知,这顿饭吃得有多快!

走出店门的那一刹那,我问他,你知道什么叫罪恶感吗?你难道不觉得,刚才我们吃烤肉,吃得太快,吃得太过分了吗?小兄弟打了一个饱嗝,很不好意思地说道,好像是蛮过分的!

这一路,我的脑海里并没有其他联想。什么人生的意义啊,什么父亲的背影啊,都没有。唯一想到的是,如果刚才吃烤肉的时候,能有一杯冰的札幌SAPPORO啤酒就好了,哪怕是越南产的那种也行。或者,麒麟的一番榨,那种日本原装进口的罐装一番榨,也是很不错的选择。每每想到这,我就觉得自己挺没出息的。

就像当年我父亲拿"咖喱鸡"奖励我好好考试一样,现如今,我常拿吃烤肉来做奖励。

加油吧,小兄弟!倘若考试考得好,叙叙苑还是有希望的!

不用了,我们还是去金虹桥下面的土古里吧!

是的,忘了跟大家报告了,我们又发现了一家好吃的烤肉店,档次介于毕真和叙叙苑之间,名叫"土古里"。这一刻,我感觉,小兄弟对于土古里的"执念",也在日渐增强!这一切,都是因为我带错了人生方向,是我的责任。更要命的是,除了日式烤肉之外,他的另一份"执念"竟然是"苏式汤包",和我的饮食趣味真是越来越接近了。

奶油小方

如今在上海，各式蛋糕店层出不穷，什么布丁界的爱马仕，精致独立品牌，各种花样都有。但如果你要求我只能推荐一款蛋糕，那我大概率还是会选红宝石的奶油小方。这奶油小方吧，味道一直保持稳定，蓬松的蛋糕胚子里夹杂着碎碎的菠萝颗粒，选用的奶油，甜香不腻，再加小樱桃点缀，小小一块，绝对是有干货不张扬的典范。

话说红宝石1986年成立，能开到现在近四十年还生意那么好，确实不易。说起来，红宝石也算年轻的老字号了，但在上海，还有更老的老字号。但这些老字号餐馆和食品店，其实很大部分吃的是怀旧。我有一次带小朋友去云南路那里的德大西餐馆吃饭，生意呢，还是不错的，爷叔阿姨一大批，外加好多慕名而来的外地游客，把店堂坐得满满的。我点了炸猪排、蒜香面包和罗宋汤，

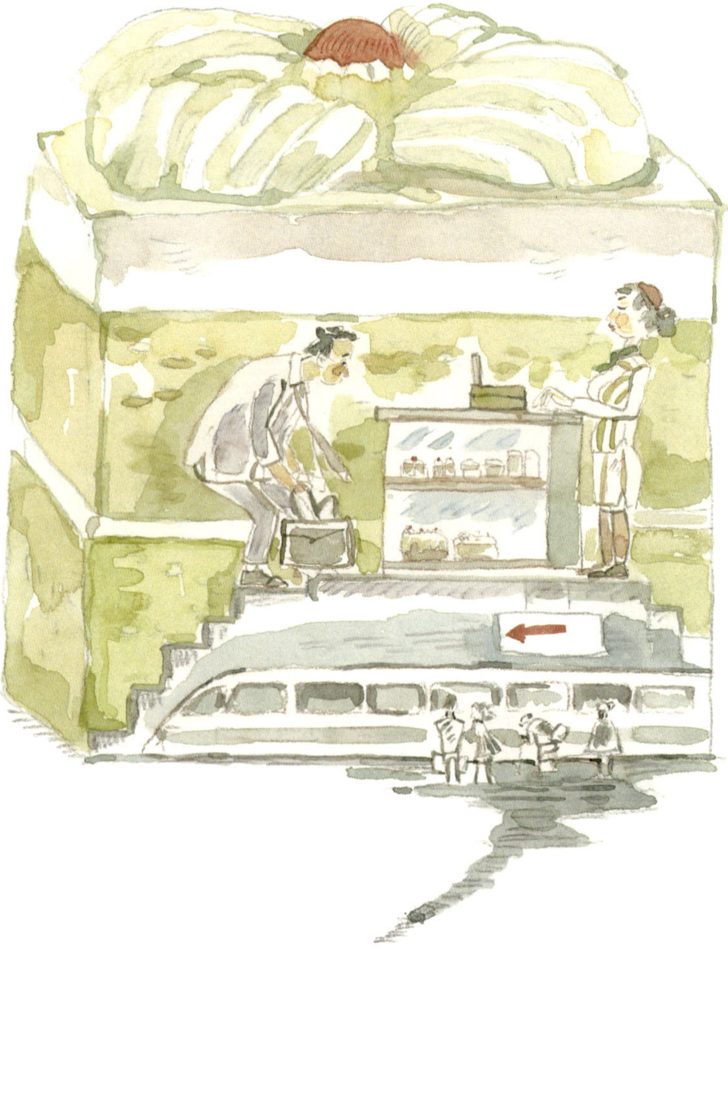

全是我家小朋友平时在家爱吃的东西。怎奈这炸猪排实在硬得咬不动，蒜香面包也硬，罗宋汤尚且可以喝喝，我感觉，这餐饭也就这样了，与美食体验差距实在太大。

但话说这奶油小方，却深受我家小朋友喜欢，若干年后定能成为他美好的食物记忆。于我自己，奶油小方虽好，但也不能贪吃。有一年在吴江路美食街等我家领导下班，那时候红宝石卖奶油小方除了单块装、两块装之外，还有三块装，因我喜欢吃，便毫不犹豫地买了三块装的。先自己站在路边，一分钟不到就干掉一块，心满意足，把盖子盖好，心想余下那两块要一会儿一起分享才好。然而夜色将至，实在没忍住，想着反正一会儿要分享，先把我名下那块吃掉吧。于是，我打开盖子，站在路边又用了一分钟吃掉了第二块奶油小方。看着眼前剩下的第三块奶油小方，内心却犯难了，料到接下来要被臭骂一顿"侬只胖子一个人要吃两块奶油小方啊，猪猡啊"，想着干脆也别留啥罪证了，索性把第三块也吃掉算了。于是，站在路边，画风清奇，我就这么吃掉了整整三块奶油小方。后来吃晚饭的时候，我家领导问我，今天你好像胃口不大好嘛，我只好哈哈哈一阵打马虎。这是我目前为止，第一次也是最后一次连吃三块奶油小方，印象深刻。

除了自己家里常买常吃奶油小方之外，我也经常向外省市的朋友推荐这款上海美味。比如新华路万宝边上就有一家红宝石，但凡在那里请外省市朋友吃饭时，我总会饭后再陪他们去红宝石逛逛，尝尝这款美味。尤其是对于北京的朋友，我强烈推荐他们要尝尝，尝过之后，才能逐步让他们摆脱既有的稻香村惯性思维，走上美味糕点的康庄大道。当然，我也不是一味排斥北派点心，比如北京大董的豌豆尖，还有北京兔儿爷的各类小点心，我不仅喜欢，甚至还打包赶飞机带回来过。美食重在交流切磋，就好比上海的正广和、北京的北冰洋、西安的冰峰，交流过后，大家才会意识到，喝得最多的还是芬达、美年达。

有阵子，食品界特别忌讳反式脂肪酸，我也忘记听谁说的，说奶油小方之所以好，是因为它用的奶油都是动物奶油，而不是植物奶油。这个理论不知道对不对，反正我是被投喂过整整一罐"攒奶油"的人。那是初次登门拜访女方长辈，孃孃姑父看我长得胖墩墩，很是热情，说："你攒奶油要吃伐？老好吃的。"我也不懂拒绝，就这么不知不觉中一罐"攒奶油"下肚，吃完了马上想喝一杯热美式。

与红宝石相似的，上海还有一家老字号"凯司令"。过去我写过他们家著名的哈斗，那东西也是力道足，一个哈斗下去,两杯热美式才能对冲掉。著名的凯司令南京西路总店里,总是人头攒动,买个糕点如此兴师动众,倒不如到泸定路儿童医院里面的那家凯司令安安静静地挑选。当然,凯司令能够把店开在儿童医院里,主要是为了方便看病就医的家长和小朋友,儿童医院还是少去为妙,断不会有人为了买凯司令,独辟蹊径到这个地步。

新冠疫情出来后,对餐饮界影响是巨大的,当然,也会有一些意想不到的网红产品"莫名其妙"地进入到公众视野。上海的五星级酒店里,但凡有大堂自制糕点的,总有藏龙卧虎的本事,著名的如国际饭店的"蝴蝶酥",但总觉得过于老派。这一年里,大家始料未及的,上海美食界最紧俏的"硬通货",居然是花园饭店出品的白脱葡萄干饼干。这款饼干,10片简装的一盒卖98元,10片礼盒装的则要卖138元,离谱的是,那款简装的拿钱也买不到,需要提前一个月预定。这事我原来压根就不晓得,二月里,我姐山大王发了一条微信给我,"阿弟,花园饭店认得人伐?"我以为我姐山大王是要帮她那帮大导演朋友找场地拍电影用,后来发现不是,而是想找熟人能否早点儿拿到这款饼干。我姐山大王说了,等一个月实在太久,一定要找门路。我就不信这个邪,打开花园饭店买饼干的小程序,还真是有钱也买不到。

思来想去，只好去找"衡山路小王子"金总了。金总在上海滩朋友交关多，横跨餐饮界和演艺界，想来找他肯定有招。果不其然，金总第一反应这事太诡异了，上海滩上难道还有这种紧俏的饼干？还有我金总不晓得的美味？门路，便在不经意中打开了。

总之，托金总的福，三天后我就拎着四盒网红饼干给我姐山大王送过去了。我自己呢，也尝了尝这款饼干，据说放在冰箱冷藏后拿出来吃，味道最佳。我便照着这种吃法如法炮制，或许是期望值太高了，总之，真的一口咬下去，不就是那种二十世纪八十年代最传统的硬奶油嘛，而且这饼干的热量实在是太高了。论价格，九块八一片，也真心不便宜。

如此比较下来，奶油小方当之无愧是上海最好吃、最实惠的蛋糕，没有之一。它就这么安静地摆在那里，新鲜美味，简单入口。畅销但不紧俏，只要不是临近晚上打烊了再去买，总归是能买到的。再拔高一个层次表述，奶油小方作为一款蛋糕，不装，不矫情，不腻，不做作，感觉这段话已经不是在描述一块蛋糕，而是在描绘一段感情了。"不装，不矫情，不腻，不做作"，放到哪里，这都是一个极高的评价了。

辑二

在哪吃很重要

汉口路 300 号

我的第一份工作,是在《解放日报》旗下的《新闻晨报》做记者。上海市汉口路300号,《解放日报》大楼所在地,连同边上的老楼汉口路274号、对面的汉口路309号申报馆,便是传统意义上的《解放日报》"势力范围"。有一段时间,觅食的范围即以汉口路300号为中心,向四周扩散。

我做实习生开始,就被灌输了"解放食堂是上海宣传系统最佳食堂"的思想。印象中,酱鸭是经典菜,还有两块钱一杯的珍珠奶茶,真的用牛奶冲出来的珍珠奶茶,其他的没啥大印象了。大食堂之外,还有个小食堂能单点菜肴,负责点菜的中年女子,大家都叫她"舅妈"。食堂的菜嘛,能填饱肚子就行,有几款经典菜,再偶尔有所创新,已是难能可贵。

食堂菜吃多了，自然会想着换换口味，对面的鸿顺兴有面有馄饨有小笼包，是最佳选择。边上还有一家"水中天"，最好吃的就是白斩鸡和菜泡饭。白斩鸡鲜嫩，酱油调配入味，加之五块钱一碗的菜泡饭，分量足，温度够烫，有时下不了嘴，得等到白斩鸡吃了几块，牛皮吹了几回，此时再吃这菜泡饭，时间恰好。彼时的都市报事业红火，热情高涨，白斩鸡加菜泡饭，结下多少革命友谊。

解放大楼的正门碍于道路环境所限，其实不够正气，尖角门对着的申报馆里开着著名的"新旺"，菠萝油首屈一指。菠萝油端上来，手感温度得烫，黄油要切得妥帖，然后快速把黄油夹在里面塞入口中，回味黄油被高温融化后与小圆面包相互调和的滋味。当然，新旺的奶茶、冻鸳鸯、车仔、鲜虾滑蛋饭、番茄牛肉饭做得也不错，食材精致干净。与鸿顺兴、水中天相比，新旺属于高档就餐，"一人食"也不会尴尬。

有时候报社同事三五聚餐，则会席设十五米开外山东中路上的"小梁园"，家常菜，报社"老爷叔们"的最爱。我每次去小梁园都会觉得乏味，主要嫌弃里面的装修"踢哩趿拉"。我的观念是，吃面条点心要有市井气，但吃炒菜得像回事，菜单、碗筷、冷菜、热菜、点心、甜品，都得有充足的选择。菜品上桌之后，还要看其摆盘，尤其要用心，但这些在小梁园统统是没有的。小梁园感觉就是专门为夜班看版子的传统报人准备的饭店，即使穿件大背心去吃饭，也不显突兀。当然，小梁园有几道本帮菜还是不错的，反正我每次被叫去小梁园吃饭，要我点菜，我就总点八宝辣酱。

有段时间，小梁园边上，山东中路福州路口新开了一家饭店，具体名字我已经忘记了，但有好几道主打菜颇为让人流连。印象最深的是一道"古法烤鳗松"，滋味独特，鳗鱼烤制得相当入味。福州路上其实有不少饭店，但印象平平，老半斋的刀鱼面凑热闹去吃过一回，当时什么感觉，已经完全不记得了。没有记忆的食物，肯定是乏味的。

我2002年夏天在报社实习，2003年夏天正式入职，到了2004年的春天，离开了汉口路。再后来，门前的鸿顺兴、水中天关门了，报社搬到莘庄去了，原先的队伍也都散了。

如今回想，汉口路300号真是青春年少的记忆所在。当时我所在的办公室在大厦的17楼，那年夏天报社添置了一个冰箱，各个部门每周轮流买冷饮。钱多的部门买可爱多，钱少的部门买盐水棒冰，倒也其乐融融。我们的领导顾老师，他家千金喜欢吃肯德基，所以常会买上两个全家桶带到报社让"小朋友们"分享，我直到今天都觉得吃肯德基买全家桶是个奢侈行为，但吮指原味鸡的香味确实热烈，好吃是真的好吃。

每每想到这些，则肯定会想到很多人。顾老师的爱人姜老师，是《解放日报》跑出版条线的资深记者，报社伉俪也是《解放日报》的一大现象。我那时给报社写书评，工作上与姜老师多有交集。后来我辞职离开报社，转战影视行业，但联系始终就没断过。

2005年10月17日晚上,我正在外面吃饭呢,突然接到姜老师电话,说巴老过世了,你赶紧来报社帮忙,关键是要找到一张珍贵照片。时隔一年半,我再次跑到报社工位上打电话联系采访,感慨万千。时间倘若倒流,轨迹会是怎样?

那天一直忙到深夜,凌晨一点多,顾老师和姜老师带着我来到南京西路展览中心那里的避风塘,开着那辆帕萨特。我记得很清楚,那晚我点了一碗皮蛋瘦肉粥。这也是我最后一次去汉口路300号,与报社的渊源仿佛也画上了一个句号。

北大食堂

大学的食堂菜，属于湘菜、粤菜、川菜、鲁菜等菜系之外的另一派，统称为"怀旧菜"，每当提及，往往美化的成分偏多。前段时间流传一篇关于北大食堂饭菜的文章，阅读者众多，我们家顾老师转给我看，顺带说道：我怎么不觉得有什么好呢？顾老师就这么随口一说，我心里明白，她的意思是，你觉得呢？"我觉得？我哪有资格觉得？那肯定是不好的嘛。"那一刻，我心里就是这么觉得的。

1999年至2003年，顾老师在北大中文系就读，作为上海人，她对北方的饮食，特别是对北大食堂的饭菜有着深刻的记忆。非常荣幸，我也在1999年至2003年期间，作为一名上海籍学生在北大中文系就读，也对北大食堂的饭菜有一些看法。顾老师和我一致认为，我们不需要为了维护某种立场的正确，比如热爱母校北大（我们当然是热爱的），而刻意地篡改对于北大食堂餐食的真实感受。所以，以下列举，纯粹代表个人感受，但至少都是真实的。

大家习惯说美食排行榜，其实，恶食排行榜远比美食排行榜更有意义。顾老师和我一致觉得，北大食堂最难吃的菜，位列恶食排行榜前三名的分别是：第一名，猪肉大葱包；第二名，猪肉大葱包；第三名，免费汤。

这前三名中，猪肉大葱包占据两席，可见厌恶有多深。我是喜欢小笼包的人，所以对于个头大一些、皮厚一些、肉馅更大些的肉包（上海人称之为肉馒头）也同样是喜欢的。但当我在北大第一次吃到猪肉大葱包的时候，我的心情既震惊又沮丧。大葱的味道实在是太厚重了，怎么可以在好好的肉馒头里加那么多的大葱呢？再之后，我还吃到过茴香馅的，心中已有疤，再多一道也无妨。

大学开学在九月，转眼到了冬天，教室里的暖气片热了，教室里厚厚的门帘也挂上了，西方哲学史也已经从苏格拉底讲到笛卡尔了。早晨在食堂吃过早饭，匆匆赶去三教，一推教室门，满屋的猪肉大葱包味道扑面而来。这一众上课的学生里，有早上刚吃过猪肉大葱包的，有在教室里边吃猪肉大葱包边等上课的，而且这满屋子饱含猪肉大葱包气味的空气，还是被暖气片加热过的。所谓坚毅忍耐，实在是很难得的品德操守，我努力学着适应。最后，面对此情此景，我还是绝望了，不是不能接受猪肉大葱包，而是不能接受怎么能有大葱比例那么高的猪肉大葱包。

再说一下免费汤。北大食堂的免费汤一律非常难喝，那简直不是汤，而是浆糊。我就不明白了，又不是做西湖牛肉羹，用那么多勾芡干吗？萝卜汤就萝卜汤，冬瓜汤就冬瓜汤，把清汤整成了浆糊，怎么喝啊？有人说我苛求了，汤是免费的，已经很好了。但问题是，这么难喝的免费汤，最后没人喝，那也是浪费。那时候，北大每个食堂都有免费汤，而能把难喝的免费汤做到最难喝水平的，当属学三食堂。每每想到这儿，还是想给学三食堂竖一个大拇指，他们家的炸鸡那么好吃，但卖炸鸡的窗口边上就是一大缸免费汤，最好吃的与最难吃的，如此紧挨着，无论如何，都是一种胸怀。

你说有没有好吃的北大食堂菜，那当然也是有的。起点都那么低了，超越起来那是相当容易。顾老师和我梳理了一下，我们共同认可的饭菜有：家园食堂一楼进门后，到底最右侧那个窗口的牛肉炒饭，得打高分。价格四元，可再加一勺一元的特色肉酱，满满的一饭缸，总计花费五元。这个牛肉炒饭好就好在真的有牛肉，保证饭粒饱满的同时，还能保持饭粒的独立性。炒饭最怕饭粒没有独立性，黏糊在一起，就彻底搞砸了。另外，学一食堂的冬菜包和酱肘子，也不错，但像有些文章里无节操地吹捧学一的酱肘子，那就夸大了。同学们，何必美化学一的酱肘子呢，说到底那只是年轻时爱吃肉的渴望而已。与此同时，学三的炸鸡、艺园的炒饭和拌菜，老农园的酱爆鸡丁都属好吃范畴。

这里还要说一下老农园，那是一个非常简陋的食堂。因为离教学楼最近，一到中午下课就人满为患，米饭、馒头、包子、花卷都是放在大竹篾子里现盛现卖。后来，听说隔壁清华新盖了一个特高级、带自动扶梯的食堂，北大自然不甘落后，没多久老农园就被拆除了，在原址新盖了"高大上"的、同样带自动扶梯的"新农园"食堂。新农园菜式品种无比丰富，顶楼还能点菜，仗着自己不时有些稿费收入，我就在那里很土豪地点过清蒸石斑鱼。但是，老农园无比下饭的酱爆鸡丁，却真的从此就消失了。

每个人的评价体系，也存在差异。在顾老师的评价体系里，最好吃的菜是学五食堂的卷心菜炒牛肉丝，之所以好吃，是因为里面没有一丁点儿的大葱和大蒜。我问顾老师，仅仅是因为没有大葱和大蒜吗？顾老师回答，难不成还有其他更重要的原因吗？我瞬间顿悟。

北大校园里还有一些游离在食堂体系之外的饮食点，比如晚上出没的煎饼摊和烤鱿鱼摊。我最钟爱的则是三角地小饭店，那会儿我常和我信息管理系的两位兄弟一起餐叙，他们两位都是北京人，是我关系最好的两位北京土著朋友。我们常点的菜有干锅啤酒鸭、酸辣土豆丝、小碗牛肉，当然，一定有酱爆鸡丁。

这个三角地小饭店，对我太重要了。记得有一年暑假，我留在北京上新东方的托福课，晚上下课回到学校，饥肠辘辘，独自一人在三角地小饭店吃饭，一盘蛋炒饭四元，一盘酱爆鸡丁九元，一个冰的扎啤三元，花费十六块钱就能彻底拥有的美味记忆。再有，那年暑假三教、四教附近有个小摊，素炒饼三元、肉炒饼四元，我从来没想到，炒饼加一点点醋，居然能够那么好吃，把灵魂都吃飞了。后来，炒饼摊很快就不见了，至于三角地小饭店，那年摇身一变成了眼镜店，也消失了。

北大南门外面，还有很多小饭馆。旺福楼的早饭好吃，那会儿常常是飞宇网吧出来，转身去吃早饭。还有天外天烤鸭店，烤鸭可以点半套，京酱肉丝、糖醋里脊，但凡是量大入味的肉菜，大学生多半是喜欢的。太平洋大厦那里的永和豆浆，到了考试季就成了另一个通宵教室。

淀粉　　番茄酱

里脊肉 末肉

白酒醋

油

盐

糖　鸡蛋　料酒

我在那里背过黑格尔和康德，但拼了老命也不可能把这两个德国佬都背下来，后来喝了口豆浆，押宝康德，果然押中。本质上，我也喜欢康德多一些。

再后来，毕业了，便不大有机会再回学校。看着各级校友在回忆各自的北大食堂，顿觉我们每个人都是活在各自的片段里。就像饭店有时开有时关，看似一成不变的食堂，其实各式菜肴也在变化，否则，我们尽管说的是同一个食堂，但为什么最近热烈讨论的菜式，竟然我完全没吃过呢？

一代人与一代人存在所谓"代沟"，食物的代沟，也算一种吧。

有一年顾老师在北京报道"全国两会"，我也正好出差北京，故地重游北大。中午，我们俩在天外天吃饭，为了重温大学记忆，便点了半套烤鸭、糖醋里脊、清炒油麦菜，还有一个汤。一口咬下去，糖醋里脊裹满了面粉，全然不是当年招牌菜的风范，记忆里那道好吃的"糖醋里脊"算是彻底掉沟里了。

彼时的中关村，各种高楼大厦矗立，仿佛一个新世界。北大东门外，新开了一家阔气的直隶会馆，里面有一道招牌菜，叫李鸿章烩菜。从南门的"糖醋里脊"，到东门的"李鸿章烩菜"，我感觉有点儿错乱。再想起当年著名的北大西门鸡翅,又渐渐释然了。有人说,南门、东门、西门都有好吃的,那北大北门有什么好吃的吗?我眼睛一闭,缓缓地说道:北大,从来就没有北门。

天钥桥路十年

对于经常出没的区域，我习惯于沿着门牌号一家家饭店吃下来，从路的这头一直吃到路的那头，以此筛选出合适的饭店，这种吃法被称为"扫街"。上海有个地方叫徐家汇，我在位于徐家汇的SFG工作了整整十年。徐家汇有一条马路叫天钥桥路，从2004年的春到2014年的夏，这十年间，我的许多食物记忆都与这条天钥桥路相关。

天钥桥路最北的一头，连接着肇嘉浜路，有一座环形过街天桥，天桥下来靠双号门牌的这边，有一家卖山林大红肠的熟食店。这家店的生意，一年四季火爆，排队买红肠的人极多。山林大红肠也算老牌子了，一大片一大片地切好，称重按分量售卖，吃起来有劲，我常常买个十块钱的红肠纯当零食吃。现在物价上涨，恐怕十块钱也买不了几片，但山林大红肠的口味，尤其是那种混杂了香精味的肉灌肠味道,还叠加了牛蒡的质感,仍旧值得一尝。

山林大红肠对面曾经开过一家阿娘黄鱼面,紧邻天钥桥路邮局,可惜时间不长就关门了。再往南走,快到辛耕路了,便是天天渔港,也算当年上海很有名的饭店,在今天看来则明显没落了。楼下有家振鼎鸡,可以吃个白斩鸡,配碗鸡粥。后来这地方造了个永新坊,新开了一家城市超市,瞬间就成了徐家汇的豪宅区。

再往南走,又是一家著名饭店,海上阿叔,本帮菜。除了天钥桥路这家店之外,海上阿叔在外滩广东路威斯汀那里还有家门面更大的店。在当年,谈到海上阿叔,就跟在北京说大董一样,都算是价格高、菜品好的代名词。2004年,我刚到徐家汇这边工作的时候,劳动节单位聚餐放在海上阿叔,着实把我惊着了。要知道初涉职场在汉口路吃"小梁园"的人,转眼在天钥桥路吃上了"海上阿叔",瞬间感觉阔气了,可惜总共也就吃了这么一次。时至今日,海上阿叔已算不上沪上的顶级餐馆,江山代有才人出,荣耀只在回忆中。

那次海上阿叔聚餐完毕,众人又一起去永华影城,包场看了电影《冷山》。徐家汇天桥上,肖老师问我来这里工作两周有什么感受,我如实道来。一问一答,算是正式开启了我的影视职业生涯，没想到一干就是十六年，海上阿叔也就有了特殊的意义。

原来天钥桥路上小饭店多，后来天钥桥路333号新造了腾飞大厦，算是把天钥桥路的餐馆档次做了一次彻底的提升。说起腾飞大厦开业那会，名气最大的饭店是五楼的粗菜馆，打的是蔡澜的名头，而粗菜馆里最招牌的当属猪油拌饭，但其实味道远不如后来我在深圳胜记吃过的猪油捞饭。2004年、2005年的时候，餐馆里流行清蒸多宝鱼，每到粗菜馆吃饭，总是会点这种鱼，再后来，流行清蒸笋壳鱼，多宝鱼突然就无人问津了。粗菜馆里还有道冷菜猪脚姜，我比较钟意，冻得结实，但吃起来需花些气力，需要一口好牙口帮忙。饮食八方，遇到不能轻易入口的食物，费些工夫，也算是过程中的快乐。粗菜馆的甜品里，还有一道雪梅娘，三粒一份，也是非常好吃。一餐饭如何收尾其实是一门学问，在我这里，倘若肉食点得多，最后用杨枝甘露收尾，一顿饭就算是大圆满了。不得不说，粗菜馆的杨枝甘露还是到位的，直到若干年之后我在唐宫吃到一款特制杨枝甘露，方才取代了它的地位。

腾飞大厦三楼还开过一家上海菜馆，名叫申悦，红烧肉算其特色菜，我们常在那里招待来上海做宣传的电视剧剧组。没过几年，申悦生意做不下去了，冷菜开始做双拼，甚至三拼，午市开始做套餐，尤其是开始做团购。如今看来，这些招数都不能称之为业务创新，而应当看成是没落前的征兆，提醒顾客千万不要再充卡了。之后店铺更替，申悦居然换成了东来顺，作为常去申悦的常客，瞬间就精神恍惚了，靠了东来顺的一头糖蒜才稍微缓过神。

腾飞大厦的邻居是星巴克，星巴克楼上曾经开过一家我内心评分最高的饭店——葡京煲煲好，就这般优雅地隐蔽在天钥桥路上。葡京煲煲好，上海当时总共开了三家，分别位于天钥桥路、淮海路无限度广场和虹桥上海城。这三家我都去过，菜品质量稳定，各家分店服务都不错。时至今日，我仍旧固执地认为，天钥桥路这家葡京煲煲好做的鸡煲翅，是我吃过的所有粤菜馆里做这道菜做得最好的，远比澳门那几家号称做鸡煲翅最好的店要好，也绝对甩陶陶居两条马路。葡京煲煲好店里，还有一道创意菜叫榴梿飘香鸡，榴梿我平时是不吃的，但这道菜却成了念想。做法仍是传统的啫啫煲做法，但选用的鸡块与榴梿充分交融，竟然独树一帜。只可惜，现在这三家店都没有了，要吃啫啫煲，得跑到镇宁路美丽园楼上的惠食佳了。

腾飞大厦对面还有一家奇葩一般的小面馆，存活了十多年，到现在还开着，那就是著名的红汤面馆。红汤面馆专卖面条和锅贴，店铺内桌椅狭窄且脏乱，做的锅贴也不能说特别好吃，就是那种典型的营业到很晚，特别适合填饱肚子的小面馆。反正，有段时间，下班后我是那边的常客。因为常去，便变成了生活的一部分，吃出了情怀。

再后来，天钥桥路靠近零陵路这里开了星游城，便成了一个新的餐饮集中地。扫街扫到这个地方，因为是个高楼，便开始扫楼。星游城楼上有家兜率宫，老北京铜锅涮肉，有糖蒜有糖葫芦还卖小二，天冷的时候常去。

星游城的拐角处，有一家专做日式简餐的天钥桥食堂，里面的乌冬面、亲子饭，都属"吃饱"食物里的上乘。吃东西，其实就两个区分，吃饱与吃好，首先是吃饱，在吃饱的前提下，再争取吃好，这是我一贯的看法。星游城楼下负一层还有小杨生煎和敦煌小亭，都属简单一人食，"吃饱"食物里的常规产品。

继续往南，就到了八万人体育场附近，也时常开张些新饭店，但整体质量都要下降一个档次。稍微好点儿的当推"新农村"，店内八仙桌陈设，装修风格接近沪郊农村。他家的菜单都写在一块小黑板上，马桥豆腐、红烧鳊鱼、酱油白米虾、大蛋饺算是特色菜，晚间偶尔还有人来段苏州评弹。但是，八万人体育场里的饭菜，普遍属于偶尔去吃一次还可以，经常去吃就没法接受的那种。那块区域，要算好吃，也就只有鸿瑞兴以及东亚富豪酒店里的中餐厅尚可。如今，八万人体育场已是一片大工地，期待旧貌换新颜。

天钥桥路从北向南，逐渐从繁华归于平静，尤其是过了中山南二路，临近龙华烈士陵园这段天钥桥路，就算是寂寥与阴冷了。曾经单位搬迁，租借办公室在天钥桥路909号，楼下也有一家面馆，一碗辣肉面，居然能做到面汤混浊油腻四溢，也是一种能耐，要不是碰上冬天或者

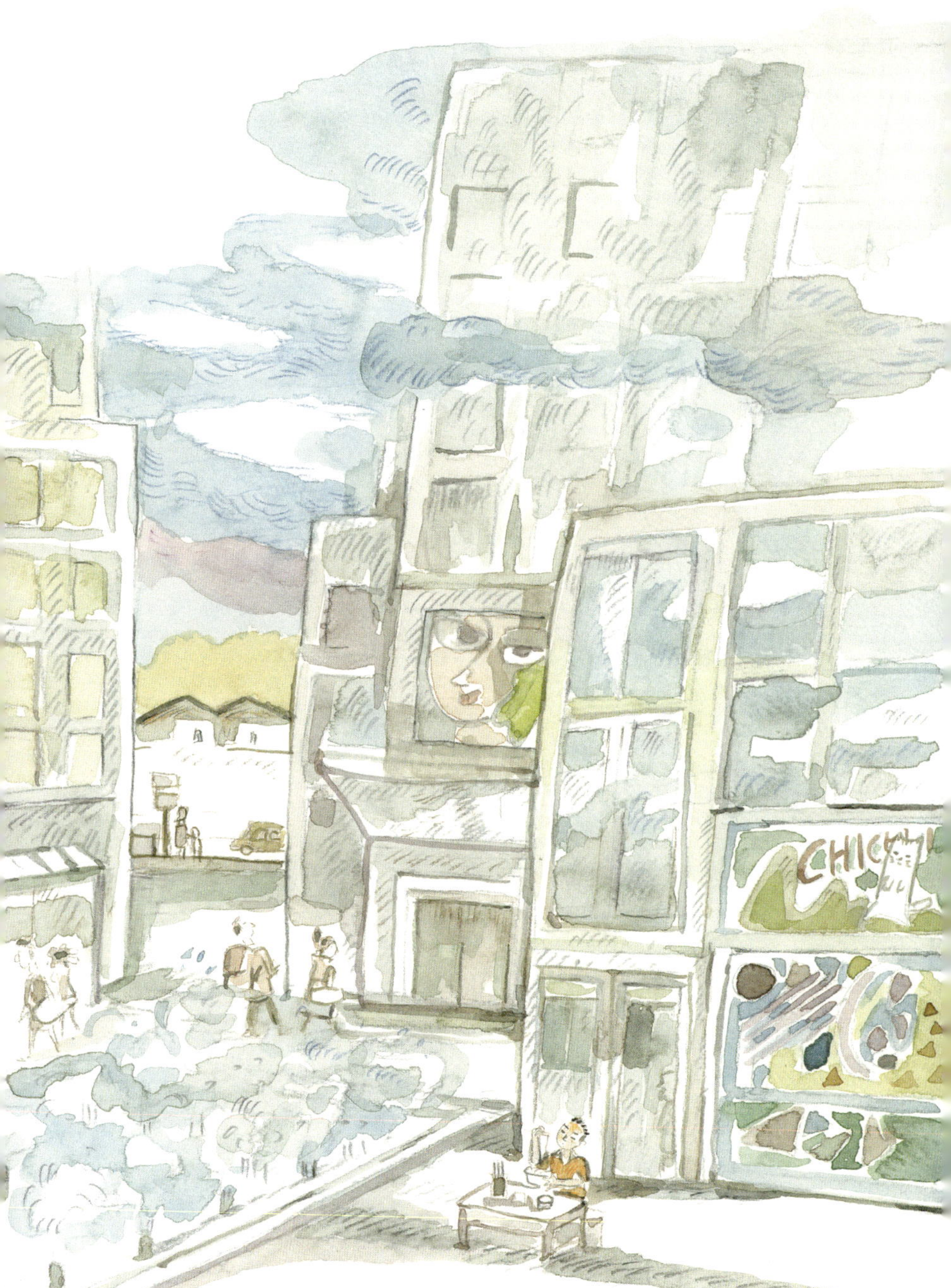
CHIC

下雨天不肯走远路，估计真没人会去。倒是园区内的一家莫泰酒店，因为与店经理相熟了，肖老师便常带着我们中午去他们的中餐厅，点几个小菜，再每人来一碗"特制辣肉面"。厨师用了心，店经理也用了心，算是此处最好的餐饮点了。

临到又要搬新大楼，909号对面不声不响地开了一家镇江锅盖面，还有镇江肴肉可吃。我第一次去吃时，正好晚上单位值班，但也不肯将就了这顿晚饭。我点了一碗面后，特意又加了一份肴肉，标配姜丝醋小碟。老板见我如此有雅兴，还特意提醒我怎么个吃法。虽然老板热心，但我一笑，感觉他把我当成新食客了。但有这样的老板启蒙新食客，让大家都努力成为一个对生活有要求的人，何尝不是一件好事情。

天钥桥路十年，餐馆开了关，关了开，已是常态。间或着，出现几家品质高的，也都是可遇不可求的缘分。有的明明是中意的，却悄无声息地关门了，留下的全是怀念。过去穿梭在天钥桥路上一起吃饭的朋友们、同事们，也是散落在各处。渐渐觉得，最大的安好，莫过于各自安好。

旅途一人食

常年出差在外的人，机场、火车站、码头和长途车站，构成了各种一人食的场景。旅途一人食，因为有心事，所以，多半就是填饱肚子。不吃不行，吃了也记不住，能记住的就是那份寂寥的心境。

第一次出差去广州，那会儿大学刚毕业在报社做记者，飞机穿过一片片老城区，即将降落在老白云机场。眼瞅着，飞机马上就要擦到边上的居民楼了，突然乘坐的民航客机像战斗机一般拉升了起来，再左突右闪，最后方才落地。本以为小命不保，事后才知道，那时候坐飞机落地老白云机场，这是常有的事。最后采访任务完成回上海前，我却仿佛已经忘记了这些，居然还有心境在老白云机场对面的小饭馆点了一份烧鹅，大快朵颐。虽然那份烧鹅很油、很糟糕，但当时的心情是那么年轻，

那么愿意去尝试。再后来,又去广州,看见新的白云机场那么大,人彻底就蒙了。

上海虹桥机场的候机楼里,在星巴克边上有一家清真牛肉面馆,偶尔赶早班机时,常去那里吃碗面。之所以说好,是因为店家还会给你配两个小碟的小菜,同时面汤够清,不像是敷衍了事希望你早点儿吃完赶紧走的意思。在机场吃饭,你本来就不应该有什么要求,果腹而已,倘若偶遇精致,应该有所珍惜。

再后来,常常早班机,眼瞅着坐经济舱坐到了东航金卡并且即将白金卡的时候,已经没有闲情逸致去吃那碗牛肉面了。因为我经常乘坐东航周一早上七点的航班去北京，便常常在休息室见到许多熟悉的面孔，春夏秋冬都是糨糊一般的脸，各自端着一碗粗糙的面，胡乱地加点儿雪菜肉丝，再加点儿肉糜，真正的果腹。我就不明白了，就这么一碗面，怎么就变成"东航那碗面"了呢？有时感觉庆幸，仅仅是因为"东航那碗面"吃得足够多了，你会发现东航 V7 休息室的面条好像比东航 V2 休息室的面条，好那么一丁点儿。

北京首都机场，T2 航站楼是感觉最方便，也是去得最频繁的。有时看到休息室里人满为患，我会赶紧跑去 COSTA 买杯咖啡，情愿在大厅里坐着。过去北京 T2 航站楼只有一个餐厅可供选择，里面的红烧肉圆简直忍无可忍，还贼贵。这一年，居然陆续开出了麦当劳，还有其他一些时尚餐饮店家，真是时代在进步。最厌恶去 T3，那么庞大，思来想去也就只能在味千拉面打发时间。还有 T1 航站楼，偶尔几次在那里乘坐海航的航班，发现海航休息室里面的牛肉面，牛肉真的很大块。

再说说各地的高铁火车站，这些年坐高铁的次数不比坐飞机少了。

在上海虹桥站，我喜欢先上到二楼，只因为那里的星巴克可以有加热的松饼，而一楼的星巴克并没有太多的选择，或者在二楼的永和豆浆买个三丁包，搞个饭团，带上火车。在杭州东站，显然没有什么特别的选择。在南京南站，如果你愿意，可以跑到二楼买一份用一次性饭盒装的老鸭粉丝汤，边吃边紧盯着列车时刻大屏幕，然后时间一到，马上冲下去坐火车。在北京西站坐车，则永远让记忆停留在了二十世纪九十年代末，从这里出发去郑州，出了郑州东站，看到郑东新区的建筑风格，你感觉自己仿佛身处美国芝加哥。只有当回程时，在郑州东站站厅里发现有卖烩面，才提醒你身在何处，就好像从西安北站出发一定要跑去吃个肉夹馍一般，这些站内食物全都成了标签。自然还要说说北京南站，无论进站，还是到站，永远乱哄哄的北京南站。即便此刻饿得发慌，不得不在北京南站随便吃一个快餐，也感觉最好吃完赶紧走人，一刻也不想多停留。从北京南站出发，去天津站，去济南西站，去合肥南站，虽然这三个火车站都没啥好吃的，但至少在那里心情不焦躁。还有广州南站，楼上的肯德基是一个标准的、不错的选择。

我在蛇口码头喝过最难喝的蓝山咖啡，也在各地的街头拐角处，在完全不同的地方，喝着完全一样的星巴克热拿铁。记得在1999年、2000年的时候，那时候的年轻作家们写文章总喜欢写到这家咖啡店，显得挺时髦挺文艺，今天看来之所以这样选择，仅仅是因为统一标准化下的产品，省去了很多选择的障碍与担忧。

常看一些朋友写的"朋友圈专供"文字，有的常年空中飞人，还会热衷于比较各个航空公司的机餐水平，国际国内，洋洋洒洒。我想，他们应该不至于是为了去体验这些"机餐"而去刻意坐这些航班吧。我只记得，每次坐飞机从香港回上海，居然还能每人发个哈根达斯冰激凌，感觉很惊喜，而从上海飞香港的时候是没有的。有时候，人在旅途中，一小瓶矿泉水，足矣。

出差是为了谈事，为了业务，为了工作。但因为四处奔走，见过了各色各样的人和事，也认识了天南海北的朋友。有时候，是我招待朋友美食，有时候，是朋友招待我美食，人多好点菜，这是亘古不变的真理。因为此文只讲旅途一人食，众人摆宴的事暂且不表。

与盛宴相比，旅途一人食，终究是常态。从照顾好自己身体的角度出发，出差觅食特别要做好以下两点：一是尽量多吃热的，少吃凉的；二是务必带上黄连素，防范拉肚子水土不服，无论国内国外一定记得带着它。你一个人在外面，没人知道你的心情，也没人在乎你的心情，但如果你碰上拉肚子了，整个世界都是灰暗的。真正能够做到关心你的，就是黄连素。有了黄连素陪伴，在各地进行深入的"一人食",也就有了保障。好比在成都,吃了一碗老妈蹄花还嫌不过瘾,那就再来一碗小面或者燃面或者担担面,反正有朋友"黄连素"在身旁,不怕的。

兰桂坊、断舍离与勤精进

最近常常被诸多片段式的事情打乱节奏，于是，中午吃饭的时间非常不准时。每遇此情此景，我就干脆溜达到娄山关路仙霞路口的兰桂坊吃面、吃炸猪排，俨然成了我近期的一个喜好。

兰桂坊的黄鱼面和炸猪排，属于盛名在外。我第一次去的时候，也是慕名而去，面的味道记不清了，只记得人多、人多，还是人多。最近几个月，因为有了上海办公室，虽然还是出差京沪两地加之各地乱跑，但总归待在上海的时间多一些，兰桂坊已是经常去的熟客了。

碰上相识十年以上的朋友来上海，彼此不必客套，我也常带他们去兰桂坊吃面、吃炸猪排。这些朋友，十年间各种变化都有，能继续在一起吃面的，都算是"亲人"级别的。每逢同他们见面，我一直在重复这么几句话：

"生活里,保持流动性最重要,有进有出,才平衡。""有人能够听你唠叨,听你说废话,还能听懂,还不知足?""很多事情,同钱多钱少是没有关系的。"事后我总结下来,这种说话套路,显然同最近吃黄鱼面和炸猪排十分频繁有关。

兰桂坊的黄鱼面,面汤浓郁,价格不算贵也不算便宜,仿佛你自己的生活水准到了一个还不错的阶段,但又不至于让人嫉妒、惹人厌。人生做到"黄鱼面"的段位,感觉应该是最舒服的阶段,比阳春面、葱油面档次高些,但又比鲍鱼面、蟹粉面低调些,自己和外人彼此都觉得合适。此时,一碗黄鱼面相伴,再吃上一块已经事先切成细块的"兰桂坊特色"炸猪排,配上一碟上海本地特有的辣酱油,又仿佛在平淡里保持了一丁点儿"肉食动物"的上进心。

与之相对照,有段时间看美剧《纸牌屋》上瘾,便在西餐馆里点一道酱汁烤猪肋排,学着"下木总统"那样,手扯着吃,恶狠狠地吃,感觉生命力旺盛无比。在那个逻辑下,面前的食物,仿佛也被寄予了性格。吃清粥小菜,意味着看破红尘,放下执念;吃生猛海鲜,意味着人生激昂,壮志凌云;吃一碗黄鱼面,是不是就意味着中庸平和,心态适宜呢?回想过往的每个阶段,联想起那时候常吃的食物，好像也多少对应了当时的周边环境和自己的心情，还真的有那么一点儿道理。

手头的项目正常推进着，感觉要同经济大形势相吻合，稳中求进才是正途。于是，被这样的思维影响了，坐在往返京沪的高铁上，遇到饭点了，也就取出在火车站买好的三明治，填饱肚子即可，所考虑的问题是，这些热量已经够了。遥想过去，普通的特快列车上，满车厢的泡面味道，还有不少乘客拿出各种熟食一顿猛啃，都是相当的浓烈。那会儿不仅要吃饱，还要吃得香，吃得爽才满足。

最近一次从北京回上海的高铁上，看到各种航班延误，我又暗自庆幸自己的选择正确。坐在座位上，这次没有买三明治和热的美式咖啡，而是乘着中午正好在凯宾斯基酒店谈事，在它家的面包店买了面包和蛋糕，就着热茶当作晚饭。我上大学那会儿，凯宾斯基这种高档地方从来没去过。后来工作出差去北京，听人说凯宾斯基回廊的面包店是全北京最好的，尝过几次，还不错。这里的"还不错"，显然还同当时北京铺天盖地的"稻香村""金凤成祥"有关联，因为有那些个大面积的"不行"，遇到一家好的，就显得特别的出类拔萃了。

反正那次在高铁上，我吃着手里的那个凯宾斯基麦芬蛋糕，好大个儿，很蓬松，我很知足。吃着吃着，突然想起前段时间流行讨论的"断舍离"，是不是也有这么个意思呢？穷，没有，肯定是谈不上"断舍离"的，得拥有过了之后逐步做减法，才能叫作"断舍离"。很多时候，我们不都在寻找那个最合适的平衡点吗？凡事平衡了，都是不错的选择，但关键还得看自己怎么想。

做这个影视工作已经十多年了，真是精疲力竭，看着经手过的作品，感觉这十多年来，中国的影视剧就是一大锅口味越来越重的"麻辣香锅"，好像离"平和优雅"越来越遥远。我看《圆桌派》里窦文涛请陈晓卿做嘉宾，聊美食，陈晓卿说人的口味重，也是一种上瘾，轻易就回不去了。由国产的"重口味"影视剧，再反观日本的影视剧，又感觉他们"走火入魔"到了另一个阶段。最近讲谈社的漫画改编了一个电视剧叫《逃避虽可耻但有用》，寡淡到极致的人设，就这么磨磨唧唧、磨磨唧唧，死活就不"撕"。两相对照，我们这边"无所不撕"，口味越来越重，那边"坚决不撕"，即便如《东京女子图鉴》，也是清清爽爽点到为止。平衡点又在哪里呢？

这些天，我中午一过饭点，就跑到兰桂坊吃黄鱼面和炸猪排，我感觉自己的平衡点找得特准。但总共也就11集的日剧《逃避虽可耻但有用》，我都已经看到第10集了，

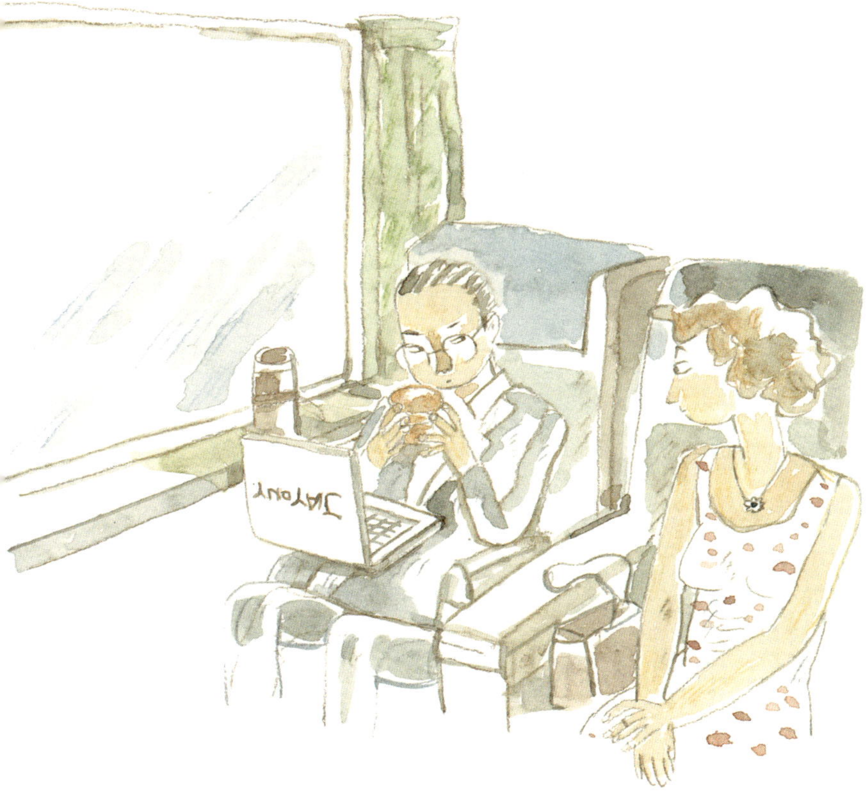

男女主人公才刚刚表白，真是急死我了。若不是女一号新垣结衣的外貌形象，同手头一个筹备项目的女一号形象很吻合，估计我也无法坚持看下去了。

所以说，人天然就是矛盾的，既要，又要，还要，横竖就是各种绕。"断舍离"到这一步，所谓"无印良品"似的极简生活，是不是另一种"欲望背景"下的产物呢？当然，这些或许又是我吃饱了没事干，想多了。

我有段时间喜欢不停地看微信朋友圈，生怕错过什么精彩的瞬间，再后来朋友圈里的各种纷繁复杂，加之各种微信上的工作骚扰，觉得烦透了。可突然有一天，我的个人微信出了故障，世界又如死一般的安静，我的心里又恐慌了。好不容易开通了新的微信号，把一个个朋友又重新联系上，我原本想发一个朋友圈，配上黄鱼面、炸猪排，还有凯宾斯基麦芬蛋糕的图片。

配图文字，我也拟了一段：

只要在风口，还在做事情，肯定就不可能躲在庙里吃斋饭。以黄鱼面炸猪排为基础，该"勤精进"时，还得"勤精进"，偶尔还得有顿蜜汁酱烤猪肋排。间或着，再来个凯宾斯基的麦芬蛋糕，知足常乐。

我很认真地审看了这段文字，又很认真地看了那几张配图，最后一刻，我还是决定删除。你问我什么原因，是不是怕被人批评矫情文艺?其实,是真的担心被人批评,但并非担心大家说我矫情,而是担心大家说我爱吃的胖子真是没救了。

什么叫好饭店

什么叫好饭店？这个问题，真是一百个人有一百种说法，但作为一家好饭店的基本要求，肯定是食品安全。为此，我特意读了读饭店里张贴的《食品安全承诺书》，上面强调规范使用食品添加剂，畜禽肉品、食用油的来路要正，不能是野路子的过期肉、病死肉和地沟油，承诺书里的最后一句话倒是很有意思，叫作"不采购和加工河豚、发芽马铃薯、苦葫芦瓜、不明野菜、野蘑菇等有毒动植物。"可见，与吃坏肚子相比，把人吃中毒了，那是万万不可以的，这是饭店的"底线伦理"。

而在这"底线伦理"之上，就是各家饭店八仙过海各显神通了，在食材上做文章，尤其是高档食材上做文章，尤其重要。遥想十多年前，看一家饭店的菜单，抛开常规的"燕鲍翅参"不说，只要菜单上敢写"清蒸东星斑"，基本上就可以判定这家饭店肯定是自诩为"高档饭店"的。而鱼蒸得好不好,那是决定是否要来第二次的重要标准。与之相对应,好饭店通常都是价格贵的,那种所谓价格便宜、隐匿在江湖中的神秘美味苍蝇馆子,只能算是野花与野味,登不了大雅之堂。

过去上海南京西路"梅泰恒"三足鼎立又鼎盛的时候,楼里开了不少好饭店,相对而言,梅龙镇里的饭店价格略微亲民些,其中的翡翠酒家,做菜尤其精致,价格也可控,是那种"请人吃饭既不失面子也不至于让钱包吐血"的好饭店典范。隔壁中信泰富里最具代表性的当属金钱豹,当年金钱豹作为高端自助餐厅,那真是红火得要命。厅堂里人头涌动,物质极大丰富,每位食客都是誓把本钱吃回来的雄伟架势。在我二十四五岁的时候,那时候的眼界,就觉得能做到"金钱豹自由"那就是很厉害的"财务自由"了,直到有一天,我突然发现我坐在金钱豹里,居然能控制自己只吃到七八分饱,那一刻我感觉自己真正"进步"了。只可惜,后来金钱豹不见了,若干年后,其延安西路剑河路那里的旗舰店更是变成了澡堂子,令人唏嘘。

至于"梅泰恒"中最清高的恒隆广场,里面的品牌店高冷,连带着里面的饭店也感觉很高冷。好像是2011年的时候，恒隆楼上新开了一家装修别致的高档粤菜馆，名叫"桃花源"。我看美食杂志上都把这家店夸上天了，尤其一道"冬瓜蟹钳肉"算作招牌菜，标价380元一位，被众多美食家推荐。我想着，再高冷的饭店也终究只是家饭店，这"冬瓜蟹钳肉"到底是何等美味，总归要去尝一尝的。于是，周末便和家人一起前往，先把一人一位的招牌菜点好，其他菜再配上。这个时候你就别想着买单多少钱的事了，重在品味美食，不要破坏了心情。桃花源里人不多，一片世外桃源的感觉，等到菜上来，我们一行四人左手拿叉，右手拿刀，中菜西吃开始品尝这道380元一位的冬瓜蟹钳肉。也不能说不好吃，但我总觉得那一刻，自己很"败家"，同时，一顿饭全家人吃得异常拘谨，气氛十分沉闷。打那以后，我就认定，恒隆吃饭压根就不是吃饭，吃的全是摆谱的那个"谱"字。这顿饭，也毋庸置疑地成了我的一段"黑历史"。

时隔多年，"梅泰恒"也渐渐归于平淡，里面的饭店数量已经大幅减少，我最近一次去恒隆吃饭，已经是2019年了。那顿饭缘于一件不幸的事情，本身就吃得沉重，看菜单的时候，也点不出什么特别合适的菜。周日的晚市这般冷清，也真是无可奈何。

有一段时间，我常在新华路一带出没，新华路定西路

口的"金锚传菜"不得不说一下。这家店开了有些年头了,尤以花雕鸡出名。这道花雕鸡,除了鸡肉本身的鲜味之外,再用绍兴花雕酒浸润,使油脂与酒味互添光彩,合二为一。待到一盘鸡肉吃掉四分之三的时候,嘱咐服务员拿回厨房,再加一份鸡毛菜进去,重新上桌时等于又升级成了一道菜,真是相当的OK。除了每次必点的花雕鸡之外,我印象中吃过的最好的一次"清蒸东星斑",也是在金锚吃的。那天中午我请客吃饭,发现这里东星斑的价格,比外面的所谓高档饭店便宜四分之一,那就没有理由不点了。否则光吃花雕鸡,这一顿饭能花几个钱,显得不够有诚意。待到清蒸东星斑端上来，蒸得那叫一个"嫩"啊，一筷子进嘴，面子也跟着放大了。如今想来，还是忍不住流口水。金锚这样的饭店，胜在菜好吃，不装，不摆谱，真正的亲民好饭店。后来碰上那种纯友情吃饭，不牵扯商务的，我都乐意在金锚请客。当然，为了不让人误会"吝啬"，我都会跟对方说清楚，金锚的装修谈不上富丽堂皇，包间也比较狭小，就是菜好吃，吃不吃？对方说，咱们就是要吃好吃的，不吃装门面的。于是，上海特色沙拉、白切肚尖、花雕鸡、酱爆猪肝，各种好吃的都点上，一餐饭宾客满意。

2014年的时候，我离开上海去北京工作，渐渐地就对上海的餐饮江湖陌生了。本来我在朋友圈号称行走的"大众点评"，现在真的不熟悉了。碰上请客吃饭也真心头疼，网上不停翻找，总觉得这些饭店"一代不如一代"。待到真正全身心回归上海，眼瞅着当年熟悉的许多好饭店都不见了，仍然顽强存活着的那几家，又无一例外涨了好多价，一顿饭吃下来真心觉得贵。物价真的是涨了，如今回望380元一位的桃花源"冬瓜蟹钳肉"，结合食材和店堂装修，用今天的眼光来看，居然还觉得人家挺"亲民"的。吃饭，终于吃出了一声叹息。

不在上海餐饮江湖行走的那几年，其实上海也是冒出了不少"高档饭店"的,有的还走起了连锁路线,风头远超当年的苏浙汇、名轩。过去名轩有一道在我看来极其昂贵的菜,红烧裙边,大概要五百多元,但满满一盆胜在量大料足。但眼前这家"当红店",一个冷菜白切鸡219元,一份堂灼雪花牛肉698元,一份金蒜雪花牛肉328元,一份小鲍鱼焖鸡278元,你说这菜怎么点?好在我行走餐饮江湖多年,面对这么离谱的菜单,我都能在规定标准内,把所有规定动作都做完,既能吃得饱,还不失体面。我自己都很骄傲这一流的点菜功夫,怎奈边上所谓"好饭店"的业务经理,也是"一代不如一代",居然站在一旁特别不开心地"数落"道:"陈先生,您知道我们这里的最低标准吧?您现在点的这些菜,离我们包间标准还差好多呢。请您不要为难我们。"好家伙,难道大家现在真的那么"阔"了吗?

老话说得好,寿则多辱,不服不行。

辑三

跟谁吃很重要

申老师与烤肉季

这篇文章要写一写申老师，我最近八年的美食经历，尤其是在北京的，十之八九都与他有关。我与申老师相识于2008年的杭州，他编剧的电视剧《我是一棵小草》正在杭州拍摄，那天晚上投资方老板陈总请大家喝茶，就在西湖天地的"茶酒人生"。申老师坐我对面，寡言，神情拘束，喝着那杯龙井，茶叶都沉到杯底了。当时他的作品《女人不哭》《笑着活下去》已经热播大江南北，却并不像常规的著名编剧那样擅于言辞。当然，事后证明那也是假象，申老师的啰唆主要集中在美食和茶上。

我主动和申老师聊天，聊到了共同的朋友，你一句我一句，逐渐熟络。再接着聊到了普洱，那会儿大家都崇尚喝普洱，申老师突然眼睛一亮，话匣子彻底打开。

我与申老师相处这么多年，美食和茶始终是核心话题。写这篇文字前，事先征得了他的同意，再与申老师共同梳理回忆了一番，择取其中精华，与大家一同分享。

我和申老师最经典的一餐饭，莫过于后海银淀桥边上的那顿"烤肉季"。那年夏天北京影视节目展，我住首体白石桥那边的新世纪，申老师说下午五点半接我去吃烤肉季，但又不愿意去宾馆大堂，怕遇见熟人。于是，约好在路口的保安岗亭见，他边看《北京晚报》边等我。接头后，两人打车前往，烤肉季的大名我之前读赵珩先生的《老饕漫笔》，早就心向往之。到了店里，申老师说，我们来一盘羊肉。我说，行。申老师说，再来一盘牛肉。我说，行。申老师说，再来一份乌鱼蛋汤，特别美味。我说，行。申老师又说，再叫份烧饼，夹肉吃，特别香。我说，行。申老师最后说，来一扎酸梅汤吧，解腻。我说，行。等到所有菜都上来的时候，我傻眼了，这分量，两个人即便都是吃货，也吃不了啊。这时候，坐我对面的申老师笑呵呵地说道，其实我两天前刚和老赵来吃过，都吃撑了。那天，我和申老师横着出了烤肉季的店门，看了一眼银锭桥夜色，聊了会儿烟袋斜街的故事，转身一路从后海走到了西海，然后依次走过了板桥头条、板桥二条、小半截胡同和板桥三条。真的吃撑了。

后来我们把这个故事说给老赵听，老赵笑开了花。老赵是我和申老师都非常尊敬的老大哥，申老师管他叫"老赵"，老赵还有个哥哥，也与申老师相熟，申老师常将哥俩统称为"二赵"，我则依次称呼"赵董"与"赵总"，以示区分。老赵是西安人，更重要的一点是，我和申老师的西安美食地图，百分之八十都靠老赵指点引领，也是渊源颇深。远的不说，那阵子申老师写电视剧《白鹿原》剧本的时候，我也一同去了趟西安开剧本会。我坐飞机从上海去西安，申老师则坐高铁从北京去西安。我在回民街吃了顿泡馍，前脚刚到宾馆，申老师打包了六个腊汁肉夹馍，后脚就到，猪肉牛肉各三个。申老师说，你吃，你吃，可好吃了。后来，我们又都吃撑了，全靠一泡"大红袍"消食。第二天，两人又在西安明城墙上骑自行车，骑了一整圈。

申老师评判美食的一个首要标准，就是看这个菜是否配白米饭，这点我也非常赞同。于是，对于京城著名的"大董"，申老师最称道的竟是一道"家常熬比目鱼"，酸酸甜甜的酱汁，辅以鱼肉，包括点缀的笋片，全都混合在酱汁中，配白米饭一级棒。我喜欢大董的烤鸭，申老师却没做太多评价。

京城还有一家著名的"正院大宅门"，申老师请我在那里吃饭，尤其喜欢点佛跳墙，然后再点一道尖椒炒肉丝。

佛跳墙吃掉一半的时候，因为是高蛋白嘛，口腔回味已经十分浓郁。这时候，申老师的吃法是，把白米饭拌进去，然后再把尖椒炒肉丝拌进去。如此一来，白米饭的每一粒米粒都会和佛跳墙的食材与汤汁充分勾搭，尖椒的辣味，则会刺激味蕾，辅以被尖椒爆炒过的猪肉丝的嚼劲，这碗白米饭算是吃出境界了。

申老师知道我喜欢吃宫保鸡丁，所以常拉着我去峨嵋酒家。其实，我在各种档次的饭店里都点过宫保鸡丁，心中也有一个评判标准。但所有的"美食家"或"吃货"都会先入为主地坚持自己的偏见，比如，在峨嵋酒家，申老师坚持认为精品宫保鸡丁要比普通的宫保鸡丁要好，而我则认为普通的宫保鸡丁就可以了，用花生炒和用腰果炒，都不足以影响整个菜品的口感。宫保鸡丁本质上就应该是个普通菜，平心而论，我其实最喜欢酱爆鸡丁，但现在做酱爆的都是小饭馆，主要担心油不好，也是两难。申老师对峨嵋酒家的干烧桂鱼也是评价很高，因为所用调料特别庞杂，辅以重油之后，其实是调味料的味道胜过了鱼肉的味道。在我看来，这种做法往往轻视鱼肉食材本身的新鲜度，刻意强调了重口味调料的复杂口感对味蕾的刺激与挑战。申老师说，但是这菜下饭啊。我说，那你吃老干妈也下饭啊。

一方水土养育一方人，菜肴口味的轻重喜好，果然都有着童年成长的味觉记忆。

当然，申老师毕竟是胸怀祖国，对各个菜系都具有巨大包容心的大美食家，比如他工作室对面专做淮扬菜的无名居，申老师对里面的扬州狮子头评价颇高。还有，我们彼此都会经常光顾的新疆驻京办，红柳羊肉串、手抓饭、手抓羊肉，都做得非常棒。申老师时不时地自己去那边打牙祭，中途则会用微信发几张食物照片给我看看。申老师也带我在北京吃过他比较认可的日料，实在乏善可陈，性价比极低。我说，上海一个"初花"，就甩你这家店三条马路。申老师说，我知道，你们上海离海近。

申老师除了对正餐大菜有研究，对于那些沉淀了历史记忆，尤其是他个人成长记忆的食物，尤其推崇。比如，他对于甘家口柴氏牛肉面的推崇，其执着精神丝毫不亚于我对于小笼包的迷恋。在他的多次叮嘱下，我们一起去过一次，点了小碗牛肉，点了面，或许是他过去赞扬得太厉害了，真去吃了，我其实觉得一般。小碗牛肉显得肥腻了些，面条也很蓬松，不够有嚼劲。但我能理解，倘若你我都是上大学的年纪，对于肉食的喜爱绝对占上风，这略显肥腻的小碗牛肉，整碗地扣在面条里，物质丰富的充裕感觉一定终生难忘。

投桃报李，常来常往。申老师来上海的时候，我依次请他吃过新华路上的万宝鱼翅，那种重口味的做法拌白米饭，我料定他会喜欢；然后吃过雪花牛肉的烤肉，主要是体验食材的新鲜度和汁水的饱和度；也吃过富春小笼的小笼包、鸡鸭血汤和双档，申老师是地道北京人，向他解释什么是单档什么是双档，颇花了些时间；当然，还带他吃过带有自来水刷锅水味道的小馄饨，我小时候吃小馄饨所熟悉的那种味道。

我两年前来北京工作，往返京沪之间，甘苦自知。我

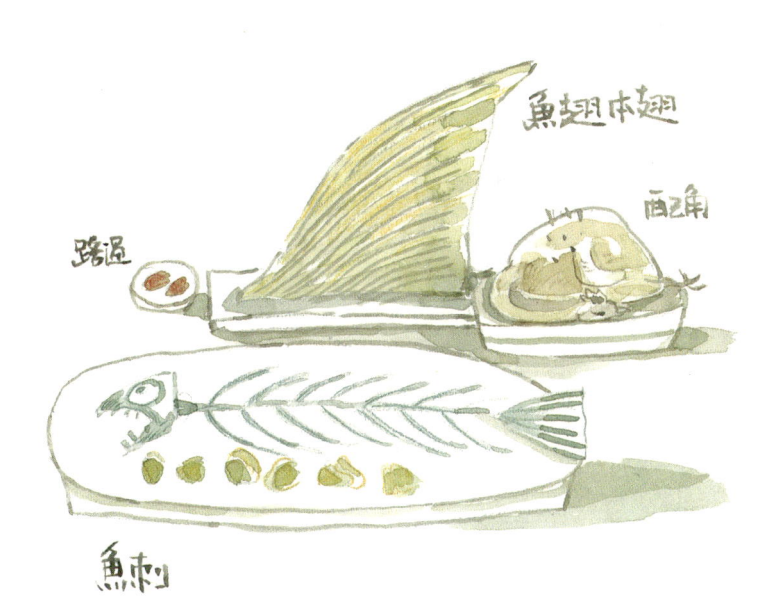

同申老师说，平时工作日在北京，我就想过极简生活，尽量简单，现在不是流行什么"断舍离"嘛。申老师说，你怪可怜的，实在没饭吃了，就来我家吃吧。于是，我才知道申老师家的阿姨烧菜水平一流，一道辣子炒柴鸡，干掉两碗白米饭。吃撑了，就跑去申老师工作室喝茶，聊聊最近读的书，间或八卦一下行业动态。

申老师对茶的研究，道行比我深。毕竟是知名编剧嘛，对高档茶叶不仅有研究，也有财力支撑。他为人好客热情，遇见好茶常会赠予亲朋好友，我也得以喝过各种精品好茶。喝茶这事情，有时候跟上山是一个道理，看过了山上的好风景，谁还会记得山下的苦哈哈啊。申老师请我喝了各种多姿多彩的好茶，最后跟我说，到头还是得来一泡"老白茶"啊。其中道理，他懂，我也懂。但是，喝茶终究只是喝茶。

这篇文字因是主题聚焦食物，不涉茶酒，也就不再赘言，但有一件事情得提一下。多年前，申老师邀我去圆明园茶室一坐，那次同行的还有老赵。从清华西门附近徒步往里走，越走越心慌，虽然是白天，但依然一片颓败肃杀之气。尽头有一个小院子，便是喝茶的地方，不对外营业，只招待熟客。隔着栅栏，就能看到圆明园内景，往远处看，似乎离大水法也不是特别远。那次喝的什么茶,已经忘记了,只记得时间很赶。再后来,又去了一次,喝的什么茶,也忘记了,似乎有单枞。申老师说,我最近在看《潘雨廷先生谈话录》,特别好。我听了他的话,真的找来了这本书,直到今天,也只看了三分之一不到。

吃素

其实，对于吃素，我是不懂的。

对于一个热衷"焖肉面加素鸡加酱蛋"或者"焖蹄面加素鸡加酱蛋"的肉类面食分子而言，吃素是需要勇气的，如果不是碰上好吃的"罗汉上素面"，吃素更是一件遥不可及的事。我对素食的缘起，都在那碗素面。

上海的龙华寺里面有个龙华素斋，常有香客点一碗"福缘面"或者"罗汉面"。先交钱，然后拿着餐票排队取面，浇头其实是早就预备好的，香菇、木耳、面筋、胡萝卜片、笋片、油豆腐块、荸荠混为一体，在一个巨大的不锈钢大桶里。至于面本身，没有嚼劲，单就食物本身的味道而言，实属一般。我第一次去龙华寺吃素面，被教导不可以浪费，要有敬畏之心，必须全部吃光。于是，真的吃光了全部一碗面，连汤都喝光了，与其说是敬畏，不如说是害怕。

　　这些年各种美食吃下来，总有初次尝试的时候，渐渐发现，初次接触某种食物，倘若被教导了某种吃法，基本上这种吃法就会贯穿始终。譬如，吃大闸蟹，我从小接受的吃法是先把蟹腿吃掉再吃盖，但我们家顾老师的吃法是先吃蟹盖再吃蟹腿，哪种吃法更正确，没人说得清楚。再比如上海人习惯吃的大排面，有的人喜欢先把大排吃完再吃面，有的人喜欢吃完面再吃大排，还有的人是边吃大排边吃面，你说这里面看出来的是人生观，其实那只是各人的饮食习惯。第一次怎么吃，对习惯的建立非常重要，龙华寺吃素面当是如此。

　　过去总以为吃素就是青菜、萝卜、大白菜，其实也有讲究丰盛排场的素食大餐。2004年的时候吧，我就在龙华吃过一餐素宴。彼时懵懂无知，作为工作人员参会旁听，上午会议开得精彩，中午吃饭却不知如何下筷。没人跟我说过中午吃饭是素宴啊，上来个鱼香肉丝，是豆制品，上来个松鼠桂鱼，也是豆制品。满满一桌菜，模样真心逼真，口味真心怪异，重油之下，食物的内里并不入味，把豆制品做成肉菜的外表，其实远不如大蒜叶炒干丝来得爽快。

　　我对吃素，始终是拒绝的，但五观堂是个例外。五观堂算是上海新华路上的知名餐馆，临近上海影城，专做素食。二楼临窗的座位尤其雅致，三层有个小露台，整体装修风格清爽淡雅，真心像个吃素的地方，但又不做作。这里的菜单就是一本手写的小册子，干锅马蹄笋干、五福布袋都算特色菜，食客推崇的烤土豆，其实一般。我去五观堂，最喜欢点一款溏心蛋，再点一碗罗汉上素面。五观堂的溏心蛋和素面均属上品，溏心蛋的摆盘和食材本身的鲜嫩度，尤其值得称道。毫不夸张地说，这是我目前吃过的，唯一称得上赏心悦目的溏心蛋。至于那碗罗汉上素面，分量足，管饱，汤料和面条本身搭配合适，作为浇头的木耳、黄花菜、笋片炒制得丝丝入味。盛装素面的那个碗，也是质朴实在。这样的美食体验，肚子吃得舒服，眼睛看得也舒服。对我而言，吃素能吃饱，而且还能吃得颇为满意，五观堂真是难得的体验。

上海还有一家专卖素食的老字号功德林，偶尔尝尝里面的素鸭、素火腿，吃过一次面条，马马虎虎算吃饱了。在梅陇镇伊势丹后面的奉贤路上，有家枣子树，也做素食，不知现在是否还营业。只去吃过一次，很长一段时间里，我以为枣子树的头牌菜就是糯米红枣，事后发现那是个误会。

我看到"素"字，心里总是发慌的，这里面也跟童年记忆有关。大概小学三年级时，我妈带着我以及外公外婆去城隍庙玩，到了中午去"老饭店"吃饭，人满为患，且服务态度恶劣。一气之下，移步另外一家饭店，门面阔气，关键服务人员还态度和蔼，这在1990年的国营饭店可是很罕见的。但是进得匆忙，没仔细看招牌，人家其实是个素食饭馆。有道冷菜叫"五方碟"，我亲自点的，以为里面有酱鸭、红肠、白切鸡、皮蛋这样的冷菜拼盘，上来一看，全是素的，真的全是素的。吃到最后，我问我妈，这里有没有小笼啊？答案肯定是没有啊。因为有童年的惨痛记忆，后来繁华商圈里开出来"新元素"，装修风格冷色调，我一直不敢进去。很长时间里，我真的以为，"新元素"只卖蔬菜沙拉，是个"素"餐馆。

　　这几年流行吃素，还有人专门去寺院里吃"斋饭"，城中素餐馆也渐渐多起来。上海的素食餐馆，似乎还有个"大蔬无界"，反正我是没去过。北京的素餐馆，也吃过几家，要说印象最深的，自然是"净心莲"，因为它足够做作。

　　那次去净心莲吃饭，门口不显眼，进了里面，吓一跳。我问同行的人，这是要先烧香，再吃饭吗？这家店的装修，肯定是花了心思的，但是装修得实在太"满"了，完全没有"留白"，整个基调也整得太像寺庙了。进了包间，再次把我吓一跳，居然装修成了敦煌石窟。入座开席，上了几道小凉菜，不敢吃啊，感觉背后凉飕飕的，阴气逼人。最后实在没办法，一行人从包间转到大厅，感觉才稍微安稳些。陆续上来大菜，其中一道盆景，硕大无比，飘着干冰，腾云驾雾一般，干冰过后，发现"仙境"里插着好几根芦笋。我就啃着这些冰凉冰凉的芦笋，一顿饭吃下来，整个人身体都冰凉冰凉的。彼时应是八月，净心莲绝对可算北京消暑胜地，有猎奇心者，不妨一去。事实再次证明，北京的饭店常走两个极端，要么低端到无法食，要么高端到不敢食，最缺中间段。这正是京城的餐饮特点。

　　作为一个胖子，我自然知道吃素是好的。客居北京，偶尔自己涮点儿蔬菜，下点儿面条，吃上一餐素简食，身体是轻松了，但肚子一饿，稀里哗啦地又吃掉一盘炒饭。吃素是俭，吃肉是奢，古人云，由俭入奢易，由奢入俭难。

今天我吃素了,我感觉我瘦了!

洁癖食客

我对食物有要求，但我对餐食没有洁癖。高档的西餐，街边的火烧，只要入味，都能接受。对于不妥帖的食物和服务，也习惯于忍耐，唯一的抗争就是下次我不来了。我身边的朋友里，有很多"美食家"级别的，鉴赏能力远胜于我，每逢和他们吃饭，我从不主动去点菜，生怕贸然出招被对方看穿似的。与不愿遇见"美食家"相比，其实，我更不愿意遇见"洁癖食客"，很不幸的是，我真的不缺这样的朋友。在他们的挑剔中，餐馆在进步，在他们的挑剔中，我再也不敢跟他们一起吃饭了。

孙女士是我认识的最有洁癖的食客，绝对第一名，没有第二名。自打我开始利用工作间隙，偶尔涂写文字以释放压力并试图缓解我对于"影视产业资本化运作后"的巨大厌恶和深度疲乏之后，孙女士一直希望我写写她。

所以，我决定，这篇文章就写写以孙女士为代表的洁癖食客。

孙女士除了在国内经营业务之外，也经常往来日本美国，最早的生意也主要依靠架设中外文化沟通桥梁获利。因为没在国外和她一起吃过饭，不置可否，但在记忆中努力搜索，种种在国内一起吃饭的深刻回忆却都能瞬间重现。

在我的印象中，孙女士每次点完菜后，总要加一句"所有菜，不要葱姜蒜，不要加味精"，这句话是标配。但如果认为孙女士的要求仅仅就是这一句话，那就大错特错了。因为接下来整餐饭都将是无休无止的"你来我往"，每次吃饭，不到领班经理或行政大厨出来当面致歉，这饭就不算结束。

点完菜之后，照例就是上茶水或饮料，一般而言，玻璃杯上哪怕稍微有点儿不干净，孙女士都会义正词严地指出。所以，我总是盼望玻璃杯是晶莹剔透的，茶杯是雪白且带着开水烫过的余温的，否则耳边的唠叨永不停歇。如果点鲜榨果汁，总有掺水的嫌疑；如果点了一壶茶，总觉得店家的茶叶不够好。为了避免孙女士质疑果汁掺水或茶叶不好，我一般都会说喝罐装的苏打水，或者再干脆一点儿，喝白开水。

但总归还要吃菜,不可能只喝白开水啊。我最怕孙女士点鱼,尤其是东星斑之类价格贵的鱼,因为挑剔的食客总会质疑这条鱼是不新鲜的。你点个西湖醋鱼,顾客说要退,店家也就退了;你点个清蒸东星斑,顾客说要退,店家不跟你拼命才怪呢。即便不去评判鱼的死活,单就这清蒸东星斑时间没把握好,不够嫩,也是一番说辞。所以,大家明白了吧,我平日里喜欢点糟熘鱼片,其实就是为了避免这样的纠缠。然后,就是祷告炒菜里千万别吃出头发之类的杂物,祷告海蜇、海参里千万别吃出沙子,否则,这家饭店就活该倒霉吧。

有一回,在上海衡山路吴兴路上的绿丰花园吃饭,孙女士做东。上海这种老洋房里的餐馆,比较接地气的还属绍兴路上的"老洋房",其余的此类饭店一律价格贵,吃的是环境,菜品虽说也不错,但终究价格贵。绿丰花园,便是有名的贵饭店。席间诸位,都是孙女士的熟人,知其脾性,便都不吱声,孙女士点啥咱就吃啥,千万不要多言语。这种饭店,点贵的吧,性价比低,点相对便宜的吧,性价比更低。清炒鸡毛菜,收你九十八元,你说性价比低不低。反正我依稀记得,那餐饭所点的菜,属于平易近人但略有惊喜,席上因为有女士,所以还点了燕窝,算略微破费了。

临到结束，上了果盘，我总觉得这餐饭还欠缺点儿什么。除了惯常的"不要葱姜蒜"，而且已经更换过两次玻璃杯，服务员也来来回回被教育了几回，涉及燕窝时，孙女士也讲了她在香港买血燕看望朋友的事，但我总是觉得，重头戏还没上演。果不其然，重头戏终于还是在那份果盘上爆发了。我记不得那份果盘是赠送的还是收费的，反正里面七七八八的有火龙果、杨桃、提子，打底的是西瓜。孙女士终于忍不住发话了，你们这么贵的饭店，果盘就这么安排吗？你们知不知道西瓜是所有水果里最便宜的？为什么要放那么多的西瓜？听闻此言，饭店的服务员彻底蒙圈了。我们诸位，则瞬间笑出声来，好比拔火罐，终于拔掉了最后一个罐，这顿饭也终于圆满了。

我去北京出差，孙女士请我在后海边上吃过云南菜，也在金宝街上吃过大董，我总说越简单越好。因为复杂了，肯定会有很多"纠纷"，每遇"纠纷"，我都恨不得钻到地底下去。我总是抱着包容的心态看待餐馆里的一切，大家混口饭吃都不容易嘛。孙女士则批评我，你的包容是不对的，我要求严格，那是对他们好，是帮助他们提高业务水平。我后来去北京工作，孙女士约我在望京一家饺子馆吃过一顿饭，算是接风。那天，我下班从石景山出发前往望京，跋山涉水终于赶到。孙女士说，这是望京最好的饺子馆，我说，很高兴这是一家饺子馆，最简单、最朴实的食物，返璞归真。就这样安安静静地吃了一顿简单食物，没有同店家有任何纠纷交涉，我心满意足地说，这顿饭吃得特别特别好。

认识孙女士已经十余年了，那时候认识了许多这个行当里的"人物"，一晃，我现在的年龄，也快接近十余年前他们那时候的年龄了。孙女士当之无愧是前辈，当然还有比孙女士更年长的，也依然活跃在这个行当里。那时候，听他们讲过去的事，嘻嘻哈哈的也都是过去的各种八卦趣事。行文至此，我突然意识到，如果有一份工作，能够黏结全中国各个省份的人，大家互相频繁走动，天南海北，其实是很开心的一件事情。很幸运，我至少赶上过一个中段。

现在也挺好，大家基本就待在原地，外面的餐馆尽量少去。有宴请需要，就去单位食堂吃，这两年，我各种单位食堂菜真是吃了不少。眼看着社会上许多饭店，无论大小，一到中午，全都推出各种38元、48元的定食套餐，真是苦死了那帮大厨，十足的英雄无用武之地。吃着定食套餐之类的便当，就像是规定动作，断然是不会产生"一代名厨"了。因为没有"一代名厨"，自然也会影响到"美食家"的诞生，至于"洁癖食客"，就只能流落在民间了。

饮酒趣事

吃饭喝酒,大体分几种:两人对饮,喝的是感慨;三四人小酌,喝的是交情;十人以上大桌吃饭,喝的全是江湖。至于一个人喝酒,那就真的是"酒腻子"了。按说应该多写些食物的事,不牵扯喝酒,但茶酒饮食,怎么绕也绕不开,姑且随便扯几句。

那年冬夜,《萌芽》杂志的李老师和《新民晚报》的钱老师到北京做采访,事后约了在清华校内的一家餐馆吃饭。大概是觉得我已经上了大学,又或者是觉得我是到北京上学,约定俗成,便递给我一个"小二",加上一句"佳勇,小伙子,来一个"。一餐完毕,我第一次知道,原来很多人的酒量其实也就是一个"小二"的量,而我也终于知道,一个"小二"对我而言,只是垫垫底,骑自行车从清华回北大,寒冷冬夜,不至于手脚发冷罢了。

2004年误入影视行业之后，出差和赴饭局的次数明显增加。时至今日仍有人提及，说某次新疆出差，全国各地的同行汇集，突然发现上海来了个小朋友，也不怎么多说话，就是别人敬酒举杯，这个小朋友也跟着喝，然后好多人都醉了，这个小朋友神志还比较清楚。这个"小朋友"就是本人，那会儿啥也不懂，又跟大家不熟，除了认真听、认真看，也就剩下认真喝了。再后来，随着业务熟悉，才发觉原来这个行当水好深，原来吃饭不只是吃饭，喝酒也不只是喝酒。

又过了几年，有些事情感觉看明白了，有些事情还是看不明白。但至少明白一点，纯粹为了工作，哪怕是为了做生意逐利，进而一个大玻璃杯一整杯地喝红酒或者是"拎壶冲"式地喝白酒，实在是不值当。倘若是一般的酒，这么个喝法，伤的是自己的身体，倘若是好酒，这么个喝法，绝对是浪费了酒，更可惜。

至于我本人，平日里自己是不喝酒的，对酒也没有依赖。有时候看看家里，一瓶"白州"放了两年多，也没喝掉，唯一喝的时候，是感觉身体发冷感冒，喝一口希望出出汗，结果发现效果远没有喝老白茶好。至于在外面的饭局，自然是要喝点儿酒的，这几年的感受：如果两个人吃饭谈事，彼此熟悉的，就直接喝茶，绝对不喝酒；三四个人吃饭，彼此知根知底的，喝酒吃饭最开心；十个人大桌吃饭，或者十五个人以上大桌吃饭，不仅酒喝得多，关键喝酒前、喝酒后，脑子都要始终清醒，这绝对是对身体和脑袋的双重考验。至于那种完全不搭界的纯酒局，还是不参加为好。

有一段时间，我觉得在外滩三号这种地方看江景喝香槟挺好，于是对各种香槟都做了研究。又过了一段时间，我觉得在北京找个能做酱爆鸡丁的小馆子，喝绿瓶牛二也挺好。到最后才发现，其实根本不是对酒本身有兴趣，只是希望自己能多一点儿自由的选择。想喝香槟的时候，不要囊中羞涩，扭扭捏捏；想喝牛二的时候，不要没人说话，冷冷清清。你以为生活应该如何如何，其实，生活本来也就是这个样子而已。

当然，所谓千杯不倒，那是胡说八道。人喝酒，总有状态不好，也有承受不了的时候，但似乎也有例外。我有一位朋友老唐，特别擅长喝啤酒，各种牌子都晓得，同时，老唐威士忌、白酒也都擅长。我喝白酒估计和他差不多水平，但啤酒尤其是冰啤酒，我是绝对的甘拜下风。认识十余年了，私下里吃饭也好，大饭局也好，还从没看他喝醉过。有一次，老唐来上海，为求方便，就约在了长乐路陕西路口一家小阁楼西餐馆两人吃饭谈事。我现在有个习惯，要求地方必须安静，于是电话预约的时候，特别关照找个安静点儿的位子。那头店家电话里回复道，陈先生，您放心，一定安排好。第二天中午，我和老唐前后脚到，上到二楼吃饭的位子，一张小桌上居然还撒了好多玫瑰花瓣，布置得极其浪漫。我和老唐两个大男人面面相觑，显然店家误会了我们。两个人坐下，你看我，我看你，实在是别扭。最后，还是我提议，咱们换个位子吧。老唐说，好啊，换换也好。那顿饭，我和老唐都感觉特别搞笑，一支干白，喝得轻松无比，老唐又追加了几瓶啤酒，我是怎么喝也喝不动这冰啤酒。想起生平第一次喝醉，就是当年大学毕业散伙饭喝冰啤酒给闹的。总之，看到冰啤酒，我是尽量能躲就躲，量一多，肯定不行。

至于喝红酒，一支好红酒两三人分着喝，慢慢品，微醺的感觉挺好。但是，大饭局上，十来个人一起喝红酒，绝对比喝白酒更有破坏力。对此，我深有感触。后来细想一下，这十年间，但凡吃饭喝红酒喝得我晕头转向的，都绕不开一个人——王总。

王总朋友多，招待吃饭基本上都是红酒为主，一般来说，喝红酒只要慢慢品，把饭局时间拉长了，还是可以接受的。但是，中国人饭桌上喝红酒，尤其是人多的时候，都是红酒倒上，半杯半杯地干，最后会发展到整杯整杯

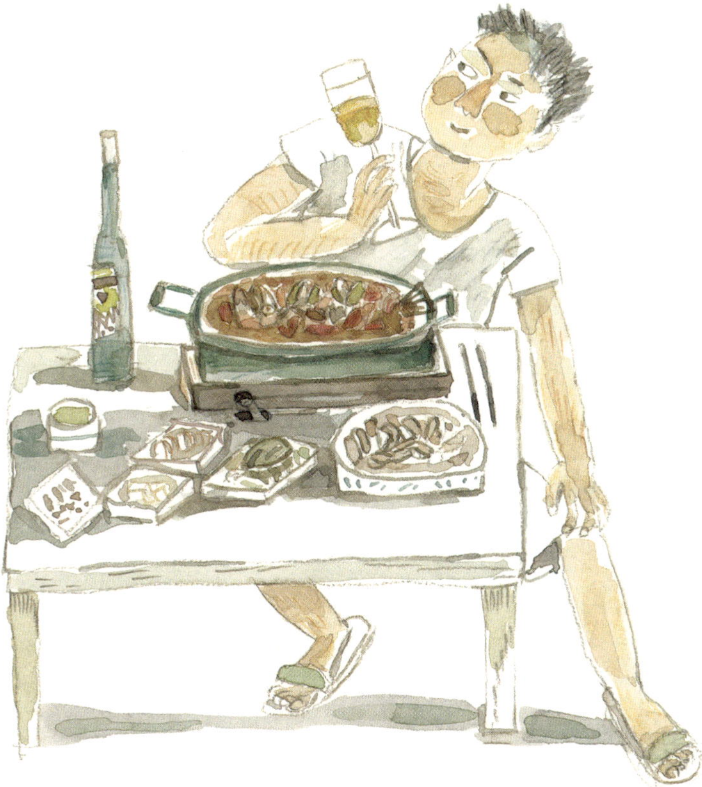

地干,那肯定受不了。王总请客吃饭,无论两个人吃饭,还是一大桌吃饭,他的特点就是启动速度快,菜还没怎么吃,几杯欢迎酒就已经下肚了。通常,启动速度快了之后,接下来会进入一个舒缓阶段,喝酒的速度只要逐渐降下来,肯定喝不醉。但如果速度不降,那就完蛋了。我十年前刚认识王总的时候,以为是初次见面,这个启动速度是表示真诚欢迎。十年之后,我才明白,这个启动速度不是简单的启动速度,而是启动之后就一直是这个速度。第一次和王总吃饭,是在银河宾馆唐宫,喝的是一款龙徽干红,我那时候二十几岁,王总比我年长二十岁,我敬酒请教,最后,我喝蒙了。十年之后,又一次在银河宾馆唐宫,我这时候三十几岁,我再一次敬酒请教,最后,我又喝蒙了。我多次复盘,为什么总是会出现这样的状况,后来我才发觉,其实是速度被带到对方的节奏上了。而且一旦出现倒满杯的时候,我肯定扛不住。所幸,后来银河宾馆的唐宫关掉了,我暗自鼓掌。可没过几天,我却发现,在关掉的同时,他们又在隔壁的虹桥宾馆重新开张了。

至于说喝白酒,我还能稍微把握住节奏,出差在外基本上没出现过太难堪的情况,除了有一次在济南。都说山东喝酒豪爽,且各种规矩比较多,那次在济南,我一入座就被告知主陪要和我连喝三杯,副陪也要和我连喝三杯,然后方可开始自由敬酒,那天喝的好像是一款叫"琅琊台"的酒。在座的总共六位,我方选手两位,是客人,济南方面四位,是主人,且一位是我师姐,不喝酒,实际上是三位。我心想,还好吧,想当年在石家庄,十六人的大桌子喝衡水老白干,一众高手都没事,这次在济南,喝的还是度数比衡水老白干低的酒,人数又少,肯定没问题。后来我才发现,那次在石家庄,遇到的确实是高手,但也就是亚运会选手,这回在济南,遇到的全是奥运会选手。我方选手,迅速倒下一人,随后,我一人击退济南方面主力一位,不承想济南方面剩余的两位年轻选手才是真正的主力。

眼看饭局临近结束,基本上属于平手状态。突然,济南方面负责人李主任说道:"佳勇,我再带你吃个烤串吧。"也不知道那天晚上是怎么来的那个吃烤串的地方,反正我迷迷糊糊地看到整个集市全是人,喝着啤酒吃着串,开心得不得了。但当我一看到冰啤酒,我就知道这回肯定完蛋了。果不其然,我方选手再次迅速倒下,倒沙发上睡觉了,我半杯冰啤酒下肚,终于,也一切归于平静。我依稀能记得后来回到了宾馆,再后面的事,就记不清了。事后我听说,无数的朋友都在济南留下过深刻的回忆和趣事。我们当时入住的那个宾馆叫山东大厦，第二天早上在山东大厦的自助餐厅吃早饭时，可以透过玻璃外墙，看到外面庭院里养着的黑天鹅。我想，这几只黑天鹅透过玻璃外墙看这边，看着这一群群目光呆滞、端着小碗喝白粥的"宿醉客"，想必也是司空见惯了。

戒碳水

最近一个月，被降压药折腾得"死去活来"，脑袋壳子生疼。我年轻时就是一个胖子，但一量血压，永远标准的80/120，傲视群雄。遥想当年在零陵路777弄77号上班，办公室主任郑老师也有高血压，我常听他说喝芹菜汁降血压的"偏方"。当时还觉得好笑，如今自己年龄上去，胖子的烦恼终于还是来了。所以，还是那句老话，年轻人嘴巴不要"老"，该来的总是要来的。

回顾整个过程，其实均有迹可循。这小半年，每次北京出差回来一落地虹桥机场，脑袋壳就疼，我以为是身体里进了寒气，依旧依着过去的老办法洗个热水澡，以为好好睡一觉就好了。最近一次，国庆节前去北京，在首都机场候机时脑袋就生疼，飞机上也是，到了虹桥机场还是，老办法试过之后依旧没用，这就有点儿心慌了。

自己用家用的血压仪一量，呵呵，过了100/140的坎了，先服了一片药，如此两三周，还是老老实实地去了医院。医生嘱咐背了个二十四小时监测的血压仪，十五分钟测一次，一小时测四次，折腾了一天，左臂留了印痕，像刮了痧一般。看了报告，医生说，你是高血压啊，必须吃药。医生见我人胖，顺便问了一句体重，最后下结论道："米饭少吃，主食少吃，至少减一半碳水。"

好吧，"戒碳水"这么时髦的事情，终于也还是轮到我了。但是，说起来容易做起来难，主要是心里难受。请客户吃饭，我开始点蔬菜汤，临到最后，突然想起这家店的特色点心锅贴，那是真的好啊。一份六个，我自己就能吃下一份，现如今，只能作罢，因为要"戒碳水"。想我过去一人食，楼下富春的辣肉面，一份十八元，那是必点的，现在也只能作罢。须知我这样的"面食主义者"，已经硬生生快一个半月没进过面馆了，这是什么滋味啊。往事只能回味，且容我脑海里好好回忆一番。

遥想上海新华路影城一带，曾是我频频光顾的就餐区域。有一阵，大概是2012年的时候，影城对面的路口开出来一家台湾卤肉饭，门口摆放开业花篮的第一天，我就进去尝鲜了。只见那碗卤肉饭，饭粒饱满，应了"晶莹剔透"这四字的形容，再看那卤肉肥瘦相间，不柴不腻，且有香甜味，至于那肉汁，更是咸淡适宜，浓郁而令人回味。如此包裹着，再配上一碗萝卜大骨汤，若不是刻意控制，这卤肉饭，至少可以干下去两碗。开业当天吃过之后，我便向众人推荐，果然收获朋友们的好评。之后，朋友们都成了那里的常客。

时间再往前倒推几年，某天，港汇后门广元西路上突然开了一家食其家牛丼。当时这店还不像现在这么连锁着到处都是，我也是看到门口摆着花篮就把脚踏进去了。啊呀，这碗牛丼饭，甩吉野家两条横马路啊，果断珍藏。自此，从开张之日起，我就是广元西路店的老顾客，超值大碗，经典选择。所依据的一个标准，就是米饭好吃。之后离开了徐家汇，广元西路店便很少去了，但看到现在食其家铺天盖地的，依旧为它感到高兴，仿佛老友相处情谊永存。最近一次带娃上培训班，恰巧边上也有一家食其家，发现又多了无数的花样产品。我还是老样子，一份超值大碗，饭粒一丁点儿都不会剩下，因为我是老顾客呀。

因为说到来自日本横滨的食其家了，自然要说说日本的主食。作为游客，即便你去日本再频繁，也不可能把街面上所有的拉面店都光顾一遍，因为选择实在太多了。想当年，在香港铜锣湾的一兰拉面店门外，要排长队等候一个多小时方才吃上一碗热汤面。如今在日本，自动售货机上手指点一点，美味就在眼前。吃完一家，觉得不满足，再往前逛，看着合适的其他类型的拉面店，又冲进去了。抑或，觉得这几天拉面吃得太多了，想换个口味，思来想去，最后竟然选了一份天妇罗套餐。此种选择，起主要压箱作用的，还是看中了天妇罗下面的那碗白米饭。

再比如我去吃韩国烤肉，裹着蘸酱的牛五花肉，配着泡菜，万变不离其宗，旁边一定得配一碗白米饭，而且非得是装在韩国特色的铝质小碗里的那碗米饭才行。那一刹那，揭去碗盖，将蘸好酱的烤肉放在米饭上，再加一小片泡菜，哗啦哗啦就干掉两大口。

关于类似的米饭记忆，我听到过印象最深刻的一则表述，来自于阿甘兄弟。阿甘兄弟现在是国内知名的填词人了，我不清楚他写《丑八怪》这首歌的灵感源头来自哪里，但某次，阿甘跟我说，他一个人可以吃掉两个鸡公煲，我便觉得他好厉害，填词出名肯定指日可待。记得那天，阿甘特别真诚地对我说，阿哥，你知道配鸡公煲最好吃的是什么吗？我说，不知道。阿甘说，是一大碗冷饭。我听到这话，很是惊讶。阿甘便绘声绘色地向我描述道，滚烫的鸡公煲，裹着浓郁的香味，然后直接将鸡块放在

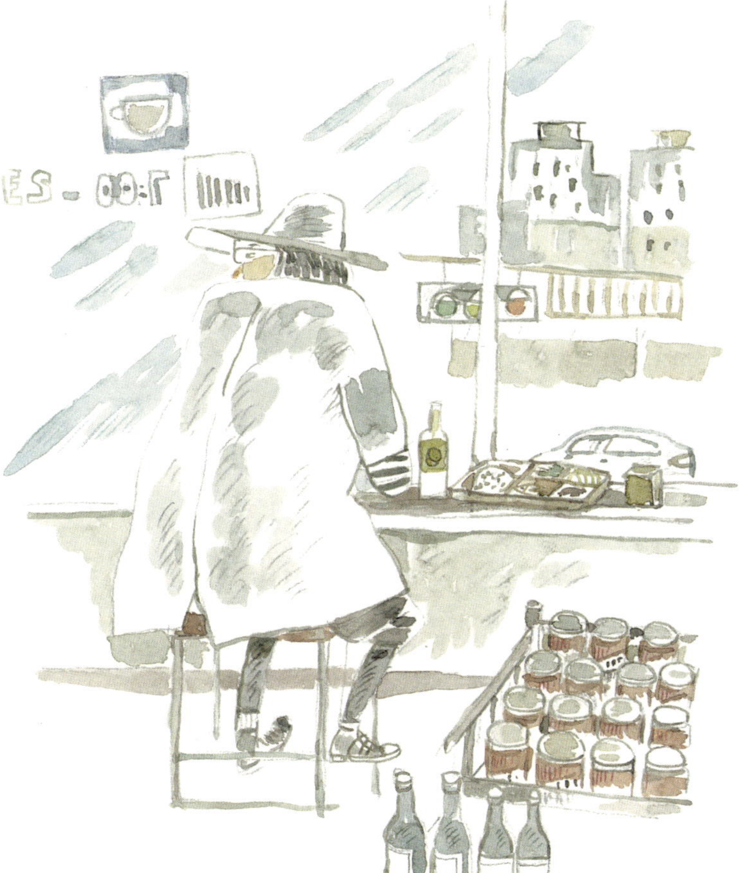

一大碗刚从电饭煲里盛出来的冷饭上，凉掉了的白米饭，突然被滚烫的鸡块激活了灵魂，两相包裹，堪称天作之合。对此情景，作为一个同样喜好碳水主食的胖子而言，我深信不疑，并且在脑海中瞬间还原了当时的"盛景"。

某日，我和尧臣兄弟一起去美罗城捧场阿甘填词的音乐剧，名字叫作《拉赫玛尼诺夫》。我们要阿甘一起来吃"主食"晚餐，阿甘说他那阵子在调理身体，戒主食。于是，在观看音乐剧之前，我一个人先在美罗城楼上的大食代闲逛，许久未来，仿佛老鼠掉进米缸。阳春面、盐水鸭、汤包、桂花汤圆，还没等尧臣兄弟来，我已经吃了许多。他来了之后，又是一阵狂点，还要了油条，就差再来个烧饼了。足足的碳水，满满的开心，用这样的心情去观看《拉赫玛尼诺夫》，效果总归是不差的。尧臣说，老陈，你胃口不错啊。我说，人生一世，米饭班主。这大食代兜了一圈，全是欢乐，自然要开心啊。

作为一个"口头上一直在努力减肥"的胖子，我当然知道"戒碳水"的重要性。少吃主食，多摄取蛋白质，如此改变饮食结构，就能既不伤身体，又能减体重。在没有量出"血压高"之前，我也曾经试图这样做过。但发现三天不吃焖肉面，感觉自己浑身就粗鄙起来，尤其是脑子不好使，跟不上思维的节奏。

但此番服用降压药后,我才终于明白了所谓的"生无可恋"是啥意思。过去是头昏,感觉眼睛有些模糊,以为自己的近视又加重了。现在医生说了,这就是高血压的特征,而且明确说道,"这种药"如果效果一般的话,咱就换"那种药",特别是如果过了 100/140 的坎,那就必须得吃"那种药"。说完,他就把两种药都给我开了。

乖乖隆地咚,吃"这种药"的第一周,感觉神清气爽,头也不昏沉了。但第二周、第三周,就感觉一般了。某日一清早,左边的脑袋壳就开始疼,一量,过了 100/140 的坎,便索性吃了一片"那种药"。不承想,从中午到下午,再到晚上,还是疼。最后晚上忙完事,回去一量,低压居然只有 69 了,想我这么一个胖子,血压降到这地步,还能承受这生命之重吗?便赶紧躺下。

如此一个多月,我的血压,便在这忽上忽下的调节里,试图寻找着自我。我很想帮助我的血压找到那个最适合的位置,但是,年轻时轻而易举的 80/120,现在谈何容易啊!

那天是周日,展览中心在举办 ART021,艺术圈的热闹与我无关,脑袋壳疼才是我现在最要紧的事。那天上午,我下定决心服了"那种药",然后下午带小朋友去少年宫上课,以为能再次神清气爽,无奈脑袋壳依旧生疼着。

课程间隙，双脚不听使唤，就这么习惯性地拐到了乌鲁木齐北路愚园支路口。那里有一家新疆伊宁远征餐厅，路边烤羊肉串，常有路人驻足。我想起医生说的话，嘱咐我减少碳水主食的摄入，但可以用牛羊肉来替代，多吃蛋白质，调整饮食结构。我想着，一定要听医生的话，戒碳水已经在努力了，但后半句用蛋白质替代，也不能不当回事。

于是，我对老板说，老板，来两串羊肉串，大串。老板便顺势从橱柜里取出肉串烤起来，临到最后快好时，用新疆口音的普通话问我，要加辣吗？我说，要孜然，不要辣。

老卫的食堂

老卫属牛,是一众老前辈里的热心肠,我第一次见他的时候,是在花园饭店的顶楼。一大堆人趁着电视节交流各种业界信息,彼时恰逢电视的黄金时代,电视剧产业也正处在高速发展即将迎来井喷行情的前夜。四海之内皆兄弟,五湖宾客喜临门,大家的神情兴奋而放松。

第一次见老卫,我自然称呼其为"卫总",且这个称呼一直延续至今,但熟悉他的人都叫他"老卫"。第一次见面,印象极其深刻,只见老卫身形壮硕,大光头,乍一看像弥勒。他严肃说话的时候,声音洪亮,大笑起来的时候,鼻尖一激灵,还是掩藏不住商业的气息。老卫喜欢强调自己是歌剧专业出身,对于现在的生意,说是误打误撞,并非本意。当然,对于老前辈的话,我们必须客观看待,不能偏听偏信。

老卫说他喜欢美食，喜欢吃，这句话，我记脑子里了。如今，经过十多年的时间检验，老卫这句话确实"立"住了，他是真的爱吃，也懂吃。这其中，最关键的一家饭店渐渐浮出水面，那就是老卫公司楼下的那家"上海老站"。但凡宴请，无论规模大小，老卫都喜欢席设上海老站，在我的印象中，老卫与上海老站这两者之间是可以画等号的。我甚至一度认为，老卫一定是"上海老站"的股东之一，对此，我们共同的朋友沈老师也一度这么认为。否则，老卫断不可能把"上海老站"当作自家食堂一般。直到有一天，老卫请我和沈老师一起吃饭，因为又增加了不少新菜，老卫认真研究，仔细琢磨，比看合同条款还仔细。半个小时后，他点出了一桌好菜，我们于是得出结论，老卫真的不是上海老站的股东，他只是天然地喜欢把自己的大光头埋在上海老站的菜单里罢了。

但不管怎么说，老卫是带我来"上海老站"的引路人，我很感激他。从那以后，我但凡要在徐家汇、漕溪北路那一片请人吃饭，"上海老站"一定是首选。

"上海老站"之所以能入列首选饭店，首先，胜在饭店建筑有特点。它地处徐家汇天主教历史建筑群，曾是徐家汇圣母院旧址，在里面请人吃饭吧，光这个楼房的故事就能讲一刻钟，噱头十足。其次，这家饭店的菜品无论口味还是摆盘，都属优秀水准，而且持续二十年的稳定，相当不容易。话说回来，现在去看网上有些顾客对"上海老站"的评论，老是在下面说他家的菜贵了，没啥好吃，这些评论实在没有多少参考意义。"上海老站"菜品的惊艳，尤其是那种中长期的惊艳，难能可贵。

说到底，"上海老站"那一百多道菜，如何优中选优，做好组合搭配，那才是真功夫。在这方面，老卫绝对是高手，而且二十年保持稳定，也是相当不容易。比如说，冷菜里，上海醉鸡、咸草鸡、酱鸭都属经典，怎么点都不会出大错。还有一道香辣美人椒花螺，尤其是在夏天吃，妥妥的冷菜第一名。这道冷菜无疑是老卫的最爱，每餐都点，全然不顾他自己的肠胃其实并不适合点这种"小花螺"。但为了好吃，老卫有时候是乐于打破"禁忌"的。

前面说过老卫待人热情好客，热心肠，从点菜上也能体现这个性格特点。老卫实际上是青岛人，但长期生活在上海，在点菜这方面已经能把江南一带的经典菜肴做到融会贯通。在"上海老站"，老卫为了表示对客人，特别是新朋友的热情，大概率会点一道蜜汁火方。这属于一道经典大菜，价格不菲，上好的火腿切片铺陈，点缀红枣、莲心，完全沉浸在甜腻里。这类食材放到物质匮乏年代，热量十足，一定令人心满意足，但以今天的标准来看，实在是热量超标了。这种菜，偶尔吃一次很惊艳，吃多了就怕了，但在老卫这里，架不住不停地有新朋友来拜访。后来老卫血糖超标得了糖尿病，我觉得，他得的一定是蜜汁火方型糖尿病。

因为有老卫带路，我也开始对"上海老站"熟门熟路起来。除了上面讲到的那道蜜汁火方外，老站的菜单上有几道经典菜远近闻名，比如八宝鸭，做得真是好，堪称模范。鸭肚子里的糯米饭，浸润得当，各种配料合为一体，且鸭肉本身非常入味，个头也正好，尤其适合人多的时候一并分享。老站主打本帮菜，有一道糟溜黄鱼片，也是做得很美味，尤其是将糟溜黄鱼片配白米饭，汁水多放一些，浓稠版的美好记忆。小点心里，粢饭糕也是特色之一，反正每次我自己去吃，这粢饭糕是必点的。以上这些，都是老卫请我在老站吃过饭后，我自己整理出来的一套"小陈菜谱"。

当"老卫菜谱"和"小陈菜谱"不相上下的时候，作为带路人的老卫，其实还藏了一些看家本领，最核心的一点，老卫总是能订到火车包厢。后来我仔细想过这个问题，大概率还是跟那两节火车车厢有关系。说到底，"上海老站"就是一个本帮菜，再怎么穷奢极欲，也终究只是个本帮菜，它的特殊，主要在于场景。

"上海老站"饭店内部的装修，主打老上海风情，尤其是包间，场面上请客，不艳不俗，低调有腔调。这么多年，它的餐具摆放，也一直是花心思的，就是如论从哪个角度出发，客人们都会觉得，这钱花得挺值。而且在那个氛围下吧，谈事情就不像是简单的谈事情，总让人觉得"纵横捭阖""运筹帷幄"这些个宏大的词汇，也能搭配上去。简单的一餐饭，仿佛被寄予了很多历史重托似的。

我印象中，老卫请客吃饭，如果人多，肯定是在包间，如果人相对少些，他便会嘱咐经理安排到火车车厢里，这便是"上海老站"的最大特色，也是老卫的"独门秘籍"。每逢此等情形，老卫便会在门口迎接贵宾，然后沿着长廊，进到散客就餐区域。这里是个大厅，但大厅装修得像个议事厅，好像在提醒大家，在这里吃饭要是不谈出些成果来，真是辜负了这餐饭。

有了这样的心理暗示，后面的事情就简单了。此时你会发现，在这议事厅的两头，一东一西，还各设置了两节车厢。一辆是由德国汉诺威车辆厂于1899年制造的公务车，曾为慈禧太后宫廷坐车，另一辆是由俄国叶卡捷琳车辆厂于1919年制造的特种车，是宋庆龄外出的专用列车。这两节火车车厢，无疑给"上海老站"增添了不少谈资和掌故，但凡要去车厢用餐，就得沿着踏板往上走，感觉是从议事厅进入了密室。在这么有故事的火车车厢里吃饭，那肯定也要"密谋"些故事才合适啊，但其实，这些都是"瞎想"。

后来，我问老卫为什么总能订到火车包厢的位子，尤其是里面那间最好的"火车包"。老卫哈哈大笑，说道，因为我有卡，而且卡里充钱多啊。你看，其实就是这么简单。

老卫在熟人面前，其实是很放松的，但初次见面的时候，他一定孔孟之道，彬彬有礼，这就是老卫。有时候，他的"不正经"反而比他的"正经"更加让人印象深刻。我这个人，喜欢主动点菜，但老卫比我还喜欢点菜，所以，一般有他在场的时候，我基本上就歇脚了。有一回在北京，就我和老卫两个人，因为实在是太熟悉了，他也便不把我当成"蜜汁火方"的新朋友了，咔咔咔，五分钟就点好了。其中有一道菜，完全就是他自己要吃的爆炒腰花，还说，这种大饭店才敢点这个菜，小店里处理不干净。内脏里，腰花我是断然接受不了的，但菜端上来之后，老卫吃得津津有味，"非商务用餐"算是真正拯救了老卫的"美食灵魂"。

我最近一次和老卫一起吃饭，也是一大帮子朋友，地点仍旧是"上海老站"，而且还是在火车车厢里的那间"火车包"。那天饭局进行到中段,我突然意识到,我已经认识老卫十七年了。那个时候大家都叫他老卫,其实那个时候老卫也才只有四十三岁,公司却已经有模有样了,放在今天,四十三岁可能还在讨论"打工人焦虑"呢。但在我印象中,那时候的老卫就很喜欢跟人探讨人生道理。他像诸葛亮一样,跟你分析,横向的,纵向的,历史的,现实的。那天,我看六十岁的老卫,反而不大说这些了,依旧是他负责点菜,那道著名的冷菜——香辣美人椒花螺,老卫是绝对不会错过的。

那一餐饭,就像十七年前那样,他不是一帮人里最年长的,但也不是最年轻的,老卫依旧那样,衬托着比他年长的,照顾着比他年轻的。就像老卫点的一桌菜一样,非常的妥帖。我记得有一年冬天,老卫从加拿大回到北京,我们正好在北京见了一面,他的行李箱里居然装了好多巧克力,那种大袋装的巧克力。如今想来,寒冷冬夜,一块巧克力,其实挺有象征意义的。

我在徐家汇工作的那段岁月里,老站见证了我很多不同阶段的心情。我的脑海里,最舒畅的一个场景,还是在某个冬天的中午,阳光照射到那两节车厢中间的一片小菜园,绿色的青菜上泛着光亮,一闪一闪的。在徐家汇这样的闹市之中,有如此一个画面,心情瞬间就变得愉悦起来。有阳光的地方，到处都暖洋洋的，此时，再吃上一口塔菜冬笋，那才叫真正的心满意足。这样的画面，只要我们愿意，其实很容易实现。

最后，我想说的是，无论何种美食，倘若遇见了，我们就好好珍惜吧，就跟"上海老站"冬日里的午后阳光一样，珍贵的就是那一刹那。

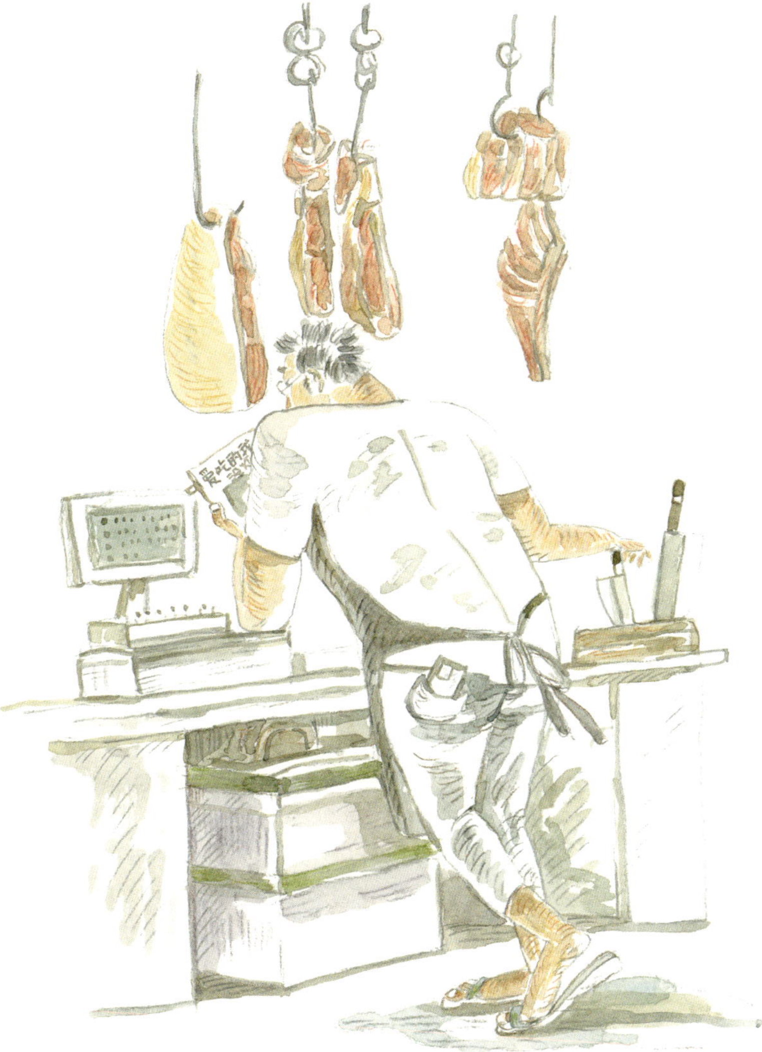

后记

与画家一起吃盒饭

2020 年的夏天是炎热的，大中午，戴着口罩走在马路上，着实不好受。到了傍晚，太阳落得没那么快，站在天钥桥路南丹东路的路口往西看，远处的太阳泛出咸蛋黄的色泽，压在一片建筑物上，像是最下饭的肉饼子炖蛋。

那是 2020 年 8 月 31 日的傍晚，金锋约了我一起到晓颉的画室坐坐。老友不常见，在我这里，一隔五六年，也是常有的事。金锋是著名配音演员，洋气的蜘蛛侠，接地气的苦情戏男主,都擅长。专注文艺的时候,朋友们习惯称呼他"金老师";讲生意的时候,则称呼他"金总"。2005年时,金锋在"金老师"和"金总"两个身份之间游走,生意那头的酒吧恰好就开在衡山路新华社楼下,"衡山路小王子"绝非浪得虚名。只是随着时间的推移,一条衡山路哪里装得下蜘蛛侠,他的触角渐渐延伸到了吴中路、新华路,回头一看,枝蔓纵横。封建帝王喜欢讲"龙脉",文人墨客喜欢讲"文脉",我看金总,活脱脱就是上海的"玩脉"。再说晓颉,那会儿我还在零陵路电影频道的小院子里上班,某日上班在楼道里见到一个大高个儿,同事跟我介绍这位是新来的电影杂志主编,名叫施晓颉。以为是专做文字工作的,后来才晓得,原来晓颉是画家出身,跨界来了我们影视圈。

2014年我去北京工作后,与两位老友见面的次数明显少了。再见面的时候,金锋喜欢上了收藏佛像和吃素,身份感也明显偏向了"金老师";晓颉则一路从电影杂志到电影博物馆,再渐渐回归画室,恢复了他职业画家的身份。至于我,用一本《老板不见了》终结了十六年影视生涯,转身来了朵云轩。此刻,去画室与画家见面,同老友们聊聊绘画与收藏,好像也蛮煞有介事的。

晓颉的画室里,摆放的多是他的中小尺幅作品,正在创作的大作品也有，挂在墙上。我问他这幅大作几时好完工，晓颉一边摆弄桌上的咖啡机，一边说道，至少还得一个半月。我曾在中华艺术宫抬头仰望过晓颉和他父亲合作的巨幅作品，极具震撼力，而他画室里的这些作品，显然和我们这个年龄段的人更有亲和力。在尺幅的"大"与"小"之间，大高个儿显然有自己的心得体会。

晓颉的咖啡机是白色的，他熟练地操作，像是一位懂艺术的咖啡店老板，从豆子的产地、烘焙，再到冲泡手法，说个不停。"玩脉"反正是样样都懂，咖啡也不在话下，喝了晓颉端上的咖啡，金老师倒是称赞有加，可见对于咖啡的钟情，晓颉是认真的。

三人各自说着这些年的经历，所谓老友，就是即便隔了五六年，一聊还是能回到原来的"频道"上，这就是老友。一顿猛聊后，眼瞅着快六点半了，我便提议去边上的红汤面馆吃碗面，也让我怀旧一下。晓颉说，你下次再去红汤面馆吧，那里脏兮兮的，哪里比得上在我画室里吃饭舒服。我说，你又不开火，怎么个吃饭？晓颉说，点外卖啊，然后拿出手机一阵翻找，问我"食庐"的套餐如何。我说，食庐很好啊，淮扬菜，一道"淮扬全背软兜"最出名。遥想当年食庐南丰城店刚开张的时候，老板亲自到场打理，对一众食客颇为关心，因而留下了蛮不错的印象。此时,边上的金老师说道,你们随便点儿,给我点份素面就行,或者就点几个炒蔬菜。晓颉说,知道了。

没过多久,晚餐送到,食庐的盒饭套餐包装精美,几个小菜分量恰好,味道也恰如其分。而如此这般,在画室里,与画家一起吃盒饭,我反正是生平第一遭。饭后,我又要了一杯咖啡,白色咖啡机勤快地工作着,生怕辜负了这些精挑细选出来的好豆子。

一晃,到了九点半。金锋说,咱撤吧,晓颉已经习惯了十点睡觉,第二天五点起床跑步的生活节奏,你看他已经要"打磕冲"了。画家被说得有点儿不好意思,眉头略锁,说道,打磕冲倒不至于,就是好像有点儿肠胃炎犯了,得早点儿回家休息了。

第二天,我照例是上班开会。到了第三天,金老师来电话,说晓颉的事情你知道了吧?我说,晓颉什么事情?金老师说,晓颉当天晚上回家后,突发阑尾炎住院,第二天就动了手术,现在是"断肠人"啊。我脑子一震,噢哟,这餐画室里的盒饭,真是吃得太特殊了,还能有这种事情啊,于是赶紧发信息问候。

或许是这餐特殊盒饭的缘故,此后,我们三个人再也没有约过"三人局",但"玩脉"金老师的影响力实在太大,各种朋友、各种社会关系的排列组合,又导致了我们三个人陆续在华山路的云和面馆、新华路的鹿园，集体出现过。而我心心念的红汤面馆，却至今还没有去怀旧。

到了2021年的8月31日，许是这个日子对画家造成了不可磨灭的"创伤"，而画家又恰恰是一个内心情感丰富、非常注重仪式感的人，在很想纪念又非常忌惮的复杂情绪下，画家做了一个决定：当天，请我这个"作家"来画室坐坐，但坚决不去惊动"玩脉"。反正，那个周末，画家和金老师两人还会在某个饭局上碰到。

隔了一年，还是吃盒饭，这次换成了"恒悦轩"。这家店开在徐家汇公园旁边，算是景观餐厅的代表商户，反正在上海，饭店名字里带"轩"的，大体都不会太差。当然，偶尔碰到外行人以为朵云轩是家好吃的粤菜馆，我也只好报以微笑，毕竟，艺术的事情，大体还是"吃饱饭"以后的事情。那顿盒饭，吃得很稳重，很慢条斯理，在那一刻，我真心意识到，原来"玩脉"的存在是那么不可或缺。

当然，吃饭之余，也有收获，当我们说起隔壁的红汤面馆，说起鸿瑞兴，晓颉也深有体会，原来这些都是我们共同的食物记忆。尤其是当我说起我手头还有一部从未示人的美食书稿，晓颉便提议拿出来出版，他来创作插画。我想，这真是一件好玩的事情。再后来，到了2021年的年末,我在金老师家喝茶,当我刚毅果敢地坐在蒲团上,就着金老师家的古朴茶席,一边喝茶,一边说起这件事情的时候,金老师说,这当然是一件好玩的事情,或许,新书活动还可以放在饭店里举办。金老师一边说,一边给我展示他收藏的小瓷片,我则跟他讲讲克尔凯郭尔的故事。那一刻,金老师正在酝酿他的下一部舞台剧作品,在剧场,在追光灯下,那才是"玩脉"真正的舞台。

只是见我"胖子坐蒲团"甚是吃力,金老师突然停顿,说,要么换到餐桌上喝茶。我说,没事,就当锻炼身体。更何况,在喝茶之前,金老师还给我煮了一碗素面,荞麦面配金菇,再配自己制作的辣酱。有这碗面垫底,我怎么着也得在蒲团上好好端坐。